康奈尔·伍里奇黑色悬疑小说系列

黎明死亡线

[美] 康奈尔·伍里奇 著

程水英 译

上海文艺出版社
Shanghai Literature & Art Publishing House
上海故事会文化传媒有限公司

康奈尔·伍里奇黑色悬疑小说系列（全18种）

编委会

总策划 夏一鸣

主　编 黄禄善

副主编 高　健

编辑成员（按姓氏拼音为序）

蔡美凤　高　健　洪圣兰　胡　捷

黄禄善　吴　艳　夏一鸣　杨怡君　朱崟滢

序　言

你见过妻子为丈夫的情妇洗冤吗？见过杀手恋上自己的谋杀目标吗？还有弃妇嫁给死人、员工携带老板爱妻逃亡、富豪邮购致命新娘，等等。所有这些令人心颤的诡谲事件，或者说，诞生在西方资本主义世界的怪胎，都来自康奈尔·伍里奇（Cornell Woolrich, 1903—1968）的黑色悬疑小说。黑色悬疑小说，又称心理惊险小说，是西方犯罪小说的一个分支。它成形于20世纪40年代，在50年代和60年代最为流行。同硬派私人侦探小说一样，这类小说也有犯罪，有调查，然而它关注的重点不是侦破疑案和惩治罪犯，而是剖析案情的扑朔迷离背景和犯罪心理状态。作品的叙事角度也不是依据侦探，而是依据与某个神秘事件有关的当事人或案犯本身。伴随着男女主角因人性缺陷或病态驱使，陷入越来越可怕的犯罪境地，故事情节的神秘和悬疑也越来越强，从而激起了读者的极大兴趣。

康奈尔·伍里奇被公认是西方黑色悬疑小说的鼻祖。他出生于美国纽约,幼年即遭遇父母离异的不幸。在前往父亲工作的墨西哥生活了一段时期之后,他回到了出生地,同母亲相依为命。1921年,他进入了哥伦比亚大学,但不多时,即对平淡的学习生活感到厌倦,并于一场大病之后退学,开始了向往已久的职业创作生涯。1926年,他出版了长篇处女作《服务费》,接下来又以极快的速度出版了《曼哈顿恋歌》等五部长篇小说。这些小说均被誉为"爵士时代小说"的杰作,尤其是《里兹的孩子》,为他赢得了《大学幽默》杂志举办的原创作品大奖,并得以受邀来到好莱坞,将小说改编成电影剧本。1930年,"事业蒸蒸日上"的康奈尔·伍里奇与电影制片商的女儿结婚,但这段婚姻只维持了几个星期便因他本人的恋母情结和同性恋倾向而告终。此后,康奈尔·伍里奇一度意志消沉,创作也连连受挫。一怒之下,他销毁了全部严肃小说手稿,转向通俗小说创作。1940年,他的第一部黑色悬疑小说《黑衣新娘》问世,顿时引起轰动,他由此被称为"20世纪的爱伦·坡"和"犯罪文学界的卡夫卡"。紧接着,他又以自己的本名和笔名陆续出版了17部国际畅销书,其中的《黑色帷帘》《黑色罪证》《黑夜天使》《黑色恐惧之路》《黑色幽会》同《黑衣新娘》一道,构成了著名的"黑色六部曲"。其余的《幻影女郎》《黎明死亡线》《华尔兹终曲》《我嫁给了一个死人》,等等,也承继了同样的黑色悬疑风格,颇受好评。与此同时,他也在《黑色面具》等十几家通俗杂志刊发了大量的中、短篇黑色悬疑小说。这些小说同样受欢迎,被反复结集出版。然而，巨额稿费收入并没有给他带来精神愉悦。他依旧"像一只倒扣在玻璃瓶中的可怜小昆虫"，徒劳挣扎，郁郁寡欢。自50年代起，因酗酒过度，加之母亲逝世的沉重打击，康奈尔·伍里奇的健康急剧恶化，他的一条腿因感染未及时医治而被截除。1968年，康奈尔·伍里奇在孤独中逝世，死前倾其所有财产，以母亲名义为母校哥伦比亚大学设立了一项教育基金。

康奈尔·伍里奇的黑色悬疑小说引起了众多作家的模仿。最先获得成功的是吉姆·汤普森（Jim Thompson, 1906—1977）。他的《我心中的杀手》等小说以破案解谜为线索，表现罪犯的犯罪心理，从多个层面反映小人物的重压。稍后，霍勒斯·麦考伊（Horace McCoy, 1897—1955）和戴维·古迪斯（David Goodis, 1917—1967）又以一系列具有类似特征的作品赢得了人们的瞩目。20世纪50年代至60年代，黑色悬疑小说层出不穷，代表作家有查尔斯·威廉姆斯（Charles Williams, 1909—1975）、哈里·惠廷顿（Harry Whittington, 1915—1989), 等等。同康奈尔·伍里奇和吉姆·汤普森一样，这些作家注重塑造处在社会底层、具有人性弱点或生理缺陷的反英雄，但各自有着独特的创作手法和成就。

康奈尔·伍里奇的黑色悬疑小说还引发了战后西方黑色电影浪潮。自1937年起，依据康奈尔·伍里奇的长、中、短篇黑色悬疑小说改编的电影即频频出现在美国各大影院，并进一步成为好莱坞电影制作的主要来源，尤其是1954年，阿尔弗雷德·希区柯克(Alfred Hitchcock, 1899—1980)执导的电影《后窗》赢得了爱伦·坡奖,将这种改编推向了高潮。据不完全统计,20世纪40年代至60年代,共有35部康奈尔·伍里奇的作品被改编成电影,其数目远远超过达希尔·哈米特(Dashiell Hammett, 1894—1961)和雷蒙德·钱德勒(Raymond Chandler, 1888—1959)。不久,这股康奈尔·伍里奇作品改编热又延伸到了南美、德国、意大利、土耳其、日本、印度,尤其是《黑衣新娘》和《华尔兹终曲》,在法国持续引起轰动。80年代和90年代,康奈尔·伍里奇作品又被西方各大媒体争先恐后改编成电视连续剧、广播剧。与此同时,新一波电影改编热又悄然兴起。直至2001年,美国著名影视剧作家迈克尔·克里斯托弗(Michael Cristofer, 1954—)还将《华尔兹终曲》改编成了电影《原罪》,广受好评。2012年,《后窗》又被改编成百老汇音乐剧。2015年至2019年,作为好莱坞经典保留剧目,电影《后窗》再次在美国各大影院上映,引起轰动。

这套丛书汇集了康奈尔·伍里奇的18部黑色悬疑小说,包括16部长篇和2部中短篇,是迄今国内译介康奈尔·伍里奇的品种最齐全、内容最丰富的一个系列。这些小说既有爱伦·坡和卡夫卡的印记,又有硬汉派侦探小说的风格,但最大特色是制造了紧张的恐怖悬念。作品大多数以美国经济萧条时期的大都市为背景,着力表现人性的阴暗面和人生的残忍、污秽、挫败以及虚无。譬如《黑衣新娘》,描述一个神秘女子伪装成不同的身份和外表对多个男性疯狂复仇，起因是多年前那些人枪杀了她的丈夫，从那时起，她就誓言血债血偿，其手段之残忍，令人咋舌。而《黑色幽会》则描述一个男子的未婚妻被五名男子的空中抛物致死，其心灵被疯狂滋长的复仇欲望所扭曲，并渐至迷失本性。在难以言状的病态心理驱使下，他将这五名男子最心爱的女人一个个杀死。与此同时，他也成为可悲的社会牺牲品。

同这类以罪犯为男女主角的小说相映衬的是另一类以受到陷害、孤立无援的无辜者为男女主角的作品。《黑色帷帘》和《幻影女郎》堪称这方面的代表作。在《黑色帷帘》中，男主角脑部遭受重击丧失记忆力，过去的生活片段如梦魇般在内心煎熬。他渐渐回忆起自己曾被人陷害，是一起谋杀案的疑犯。而要洗清嫌疑，他必须恢复记忆。伴随着支离破碎的回忆，他极度害怕自己就是真凶。无独有偶，《幻影女郎》中的男主角与妻子吵架负气出门，在与陌生女郎约会之后，发现妻子被杀，自己则被控告行凶，判处死刑。本可以证明他清白的神秘女郎，却仿佛人间蒸发一般，而那晚所有见过他的人，都不记得他曾与女郎在一起。随着行刑日期接近，所有寻找女郎的努力都以失败告终。即便他本人也开始怀疑，是否真有这样一位女郎存在。

为了增加作品的悬疑，特别是中、短篇小说中的悬疑，康奈尔·伍里奇也会仿效一些传统侦探小说的写法，描述一些出人意料的谋杀奇案。如《死亡预演》描写身穿宫廷裙服的女演员突然被烧死，警方必须弄清楚罪犯（伴舞者中的一个）如何在一大群伴舞者中放火杀人。而《自动售货机谋杀案》要解决的则是罪犯如何利用自动售货机毒杀三明治购买者。除了一些常见的布局手法，暗示超自然力量的存在也是康奈尔·伍里奇解释某些罪案发生的方法之一。《眼镜蛇之吻》述说一个离奇的印第安妇女能将毒蛇的毒液转移至其他物品。《疯狂灰色调》描述一个坚持要解读出"乌顿"（一种巫术）秘密的乐师。《向我轻语死亡》则以一个先知谶语来展开叙述。面对通灵师预言女孩的叔叔将在两天后被雄狮咬死，警察该如何阻止这场事先张扬且没有罪犯的命案？被预言逼得精神失常的叔叔又该如何保护自己？所有人是否能在死亡期限之前揭开阴谋面纱？诸如此类的谜底，将在"康奈尔·伍里奇黑色悬疑小说系列"中一一找到答案。

黄禄善

Contents

12 : 50/**1**   03 : 25/**167**

01 : 16/**23**   03 : 45/**181**

01 : 40/**49**   04 : 19/**212**

02 : 00/**70**   04 : 27/**226**

02 : 24/**84**   05 : 00/**248**

02 : 56/**117**   05 : 21/**258**

03 : 00/**136**   05 : 45/**269**

06 : 15/**284**

12:50

  他对于她来说只是一张粉色的舞会门票。一张用过之后，就会被撕成两半的门票，而她每次可以拿到两美分半的佣金。一双紧紧挨着她的脚，整晚四处转动，转过地板的每一处。一个平凡之人，一个无名之辈，在属于他的五分钟里，可以把她引向他想去的任何方向。五分钟的欢呼，2/4的节拍，就像一场猛烈的沙尘暴击打着管乐队箱子上堆积的空铁桶。接着，四周突然一片安静，就像被猝然按下了开关，过了一会儿甚至更久之后，耳朵有些无法辨别出音调。自由呼吸几下，她的肋骨摆脱了陌生人手臂的束缚。接着，又全部重来一遍，又一场沙尘暴，又一张粉色舞会门票，又一双脚紧挨着她旋转,又一个无名之辈指引着她旋转到他想去的方向。

对她来说,这就是她的全部。她非常热爱她的工作,她非常喜欢跳舞,尤其是做职业舞者。但有时她希望自己生下来就是瘸子,这样她就不能同时控制自己的两只脚。或者是失去听力,这样她就再也不用听到另一只长号对着天花板拉动滑管,那就可以让她远离这种生活。那样的话她也许就会在地下室的洗衣房里为别人洗脏衬衫,或者在餐厅的碗碟间擦洗别人的脏盘子。不管怎么说,希望又有什么用呢?你得不到任何东西。但是,又有什么坏处呢?你也不会失去任何东西。

在这个小镇上她只有一个朋友。它不会动,也不会跳舞,这是它的一个优点。它总是在那里,夜复一夜,好像在说:"孩子,打起精神来,还有最后一个小时。你可以的,你之前做到过。"过了一会儿,它又说:"孩子,坚持住,就剩半个小时了,我会一直陪着你的。"快结束的时候它又说:"再转一圈,孩子。时间到了,只要再转一整圈,你今晚的刑罚就结束了。只要再转一圈,你可以坚持住的,现在不能认输。看啊,我的分针正在时针上顽强前进。我又为你搞定了一次,我又让你解脱了。你从这儿回来时就一点钟了。"

它似乎每天晚上都对她说这些话,也从未让她失望。这是城里唯一能让她喘口气的东西。这是整个纽约唯一能支持她的东西,即使只是被动地支持着她。在她无尽的黑夜世界里，它是唯一有心的东西。

她只能从左后方临着小街的两扇窗户看到它，每次她都会绕着那条小街走。前面的几扇窗户俯视着主街道，却看不到钟。左边有一整排窗户，但只有最后两扇才可以看到它，其余的都被路上的建筑挡住了。它们总是被歪斜地打开以便通风，楼上的喧闹也从这里传到下面的人行道上——也许能让流浪汉离开街道。这些都是她通过后两扇窗户看到的，它从远方的高处慈祥地望着她。有时几颗星星散落在远处，这些星星并不能帮她，然而它却可以。星星有什么用？世上一切有什么用？生为女孩有什么用？至少男人不必贩卖他们的双脚。他们也许会以其他方式卑微地生活，但他们不必以这种方式卑微地活着。

虽然隔得很远，但她视力很好。它在塔夫绸般夜幕的映衬下散发着柔和的光芒。那是一个发光的圆圈，就像一个铁环。里面有十二个发光的凹槽。还有一双发光的手把它们分隔开，它们从来不会卡住，也从来不会停止，更从来不会对她耍卑鄙的手段，却总是为她鼓劲，总是在一点点前进，帮她逃脱并离开这里。那是派拉蒙塔上的时钟，在第七大道和第四十三街交叉口处，从这儿一直要走到小镇的那头。从她所在的地方，透过一个奇怪的视角越过成片的建筑物屋顶，仍然可以看到斜对面的大钟。它就像一张脸——所有时钟都是。它就像一张朋友的脸，对一个二十二岁的红头发苗条女孩来说,这是个有趣的朋友,但它同时也显露出忍耐与绝望的区别。

还有一件有趣的事,虽说她居住的公寓距离时钟更远,方位也有所不同,但只要她踮起脚尖,伸长脖子,仍能透过房子的窗户看到它。但在那里,在失眠的夜晚,它只是一个冷漠的旁观者,既不支持她,也不反对她。只是在这,帮她度过晚上八点到凌晨一点这段时间。

现在,她渴望越过这不知道是谁的肩膀看向它,然后看到它对她说:"还有十分钟。最糟糕的部分就要结束了,孩子。咬紧牙关,在你意识到之前……"

"今晚这里人很多。"

有那么一瞬间,她甚至不知道声音是从哪来的,她处于一种无意识的真空状态。然后她的意识集中在此刻这个像是脱离了肉体,而带着自己旋转的无名之人身上。

哦,那么他要聊天了,是吗?好吧,她能处理好的。在这一点上,他比大多数人都要慢。这是他连续第三次还是第四次邀请她跳舞。在最后一次中场休息前,她回想起相似的西装颜色曾多次出现在自己模糊的眼前,虽然并不确定,因为她从来不费心思去区分它们——从来没有。也许,他只是张口结舌或是害羞,所以直到现在也没开口。

"嗯。"如果她不把整个词吞下去,她就无法把单音节词说得更短。

他又说了一句:"这里平时都像今晚一样那么多人吗?"

"不是,关门之后就没人了。"

好吧,就让他这样看着她吧。她不必对他友好,她所需要做的只是和他跳舞。他的十美分只包括了脚部运动,不包括声音练习。

他们在最后一曲时会关掉场上的灯。他们通常都会这么做,就像现在这样。灯直接关了,地板上的人像沙沙作响的幽灵一样四处游荡。这么做是为了让顾客感到安宁,为了让他们出去的时候感觉是在这里和某个人进行了一场私密谈话,而这只要十美分和一纸杯添加了植物色素的橙汁。

她能感觉到他稍稍往后仰头,正仔细地看着她,似乎想弄明白她为什么会这样。她茫然地把目光集中在上方闪闪发光的银色螺旋体上,那螺旋体在墙壁和天花板上不停旋转,顶上旋转的镜子反射出银光。

为什么要看着她的脸,看看是什么让她这样?他在这里是找不到答案的。为什么不去遍布城里的选角公司看看呢?她的灵魂徘徊在那里,一动不动地坐在离门最近的椅子上。如果她有灵魂,或许可以让他们心神不宁。为什么不去看看那间俗气的牙买加旅馆的化妆间呢?那是一份她曾经从事过的工作,她甚至还没来得及排练就逃了出来,因为她太傻了,听了老板的建议跟在其他人身后转悠。为什么不往第四十七街自动售货机的投币孔里看呢?——

那一天她永远也无法忘记，那个自动售货机吞下了她在这个世界上所拥有的最后一个五美分，并给了她两个又肿又胀的面包卷；从那以后它再也不会为她打开了，无论她多少次渴望地站在它面前，因为她已经没有五美分可以投进去了。最重要的是，为什么不在这个时候看看她床下那个破旧的折角行李箱呢？它不重，但装满了东西，里面充满了她那些陈腐的梦想，然而现在已经不再有用了。

答案在以上所有的地方，就是不在她的脸上。所以在她脸上寻找答案又有什么意义呢？毕竟，脸只是面具。

他又碰了一次运气，说道："这是我第一次到这里来。"

她的目光还没有从墙上倾泻而下的银色光芒中收回来。"是我们错过你了。"

"我猜你是厌倦跳舞了。我猜在夜晚快结束时，就像现在，你就会开始厌倦跳舞了。"他在试图为她的粗鲁寻找借口，好让他的自尊心告诉自己，这并不是因为他，而是因为一些其他原因。她知道，她知道他们是怎样的。

这一次她的目光又回到他身上，显得非常不自在。"噢不，我永远也不会厌倦。不然，我不会在晚上离开这里回到自己房间之后，还要练习劈叉和高抬腿。"

他立刻垂下了眼睛，就像有倒钩刺到自己，然后又抬起双眼再次看向她。"你在为某件事生气，是不是？"他没有把它当作一个问题提出来，而是把它当作一个发现陈述出来。

"是的，气我自己。"

他没有放弃。难道他就没有领会其中的暗示吗，难道要等人用大锤赶他回家？

"不喜欢这里吗？"

他笨拙地把她当作谈话素材，说出一连串不适宜的言论，这句话最令她恼火。她感到自己的胸膛因愤怒而开始起伏，随之而来的肯定是激烈的斥责。幸运的是，她不再需要回答了。敲打锡桶的噼啪声和叮当声以一个刺耳的破音结束，镜子里的光芒从墙上消失了，中间的灯光亮了起来，小号发出布朗克斯乐队散场的欢呼声。

他们被动形成的亲密关系结束了。他的十美分已经花完了。

她缓慢地把手从他的臂弯里抽出来，就好像那是很久以前死去的什么东西，同时不露声色地把他的手从自己腰上推开。

她发出了一声无法用言语表达的叹息声，她并没有试图去掩盖这个叹息。"晚安，"她沉闷地小声说着，"我们要关门了。"她转身离开他走远了。

她还没完成这些动作，就看到他脸上的惊讶表情，于是她停滞了一下，背半转着对着他。还不止这样，他在各个口袋里笨拙地摸索着，从每个口袋里掏出了一卷卷缠绕相连的门票，直到双手捧着满满一大把。

他低头看着这些票,"唉,我想我不必买这么多的。"他懊丧地低语,但更多是对自己说,而不是对她。

"你想做什么,一整周都待在这儿吗?不管怎么说,你买了多少张?"

"我不记得了。大概价值十美元吧,"他抬头看向她,"我只是想进来,我来不是为了……"他起了个头,然后又停下了。

但是她察觉到了。"你只是想进来?"她声音上扬,"这可是一百支舞!我们从不在一晚上跳那么多次。"她朝门厅那边瞥了一眼,"我也不知道你该怎么办。收银员晚上就回家了,你现在已经无法退款了。"

他仍然握着那些票,但只是无助地握着,并没有表现出任何特别的失落。"我不想退款。"

"那你就得明晚再过来,并且得一直过来,直到用完这些票,应该是一直有效的。"

"我想我……不能,"他平静地说道,突然他把这些票轻轻地推向她,"这儿,想要吗?你可以全拿走。你还回去之后可以拿到回扣,对吗?"

有那么一刻,她的手不由自主地伸向这一团票,但她看了看,立即将手收了回来,转而抬头看向他。她反抗一般地回答道:"不,我拿不到,不过谢谢了。"

"但对我来说这些票没有任何用处。我再也不会回到这里了,你还是拿走吧。"

这是一大笔佣金,也是赚得非常轻松的佣金。但是在经历了痛苦之后,她就给自己定了规矩。永远不要在任何地方、任何事情上让步,即使你看不出他们的用意是什么。如果你在一件事上让步了,不管那是什么,你会发现自己在下一件事上,在生活中的其他事上,也更容易让步。

"不,"她坚定地说,"也许我是个笨蛋,但我不想要任何不是我跳舞赚来的佣金。不会从你这里,也不会从别人那里。"这一次,她完成了离开他的动作,转身穿过空旷的地板,他们大概是最后站在这里的两个人。

从舞台另一边的更衣室,她回头看了一眼刚刚离开他的地方。这更像是一种拉开门进更衣室的姿势反射,而不是故意要回头看他一眼。

她可以看到他的手一直在做着某种挤压的动作,把那一堆票攥得更紧了。就在她回头看时,他漫不经心地把那团鼓鼓的球扔到一边,朝镶花地板的边缘扔去,然后转身朝门厅的入口走去。

他总共和她跳了六次舞。他刚刚扔掉了价值超过九美元的门票。也不是为了给她留下深刻印象而摆出的姿态或刻意采取的行动;她看得出来,在这一幕发生的那一刻,他并没有注意到她在仔细观察。

他对于钱很随意,就好像他不知道该怎么花,也无法尽快摆脱这些钱。这意味着——如果有任何意味的话——他还没有习惯拥有钱。因为，她很精明，到现在她懂得了一个道理：那些拥有金钱已久的人永远都知道该如何使用金钱。

她耸了耸肩，走了进去，随手关上了门。

她接下来要做的是离开这里，接受考验，但这不再让她感到真正的恐惧。这就像是脚踩到了一摊脏水，让人烦恼，但你很快就走到另一边，一切都结束了。

当她出来时，灯又熄灭了，所有的灯差不多都灭了，只留了后面一盏灯开着，这样女工们清扫时能看见。她再次把更衣室的门关上，对着身后一个看不见的人说："好吧，那就别再约我和你一起去四人约会了，这样你就不会被拒绝了！"她从那阴暗、荒凉、空旷的一侧穿过，她的脚步声被铺在地上的长条地毯遮盖住了，只有在拐弯的地方，那脚步声才在空心的木板上回响了一会儿。

黑暗的模式已经颠倒过来了。现在，窗户外面比舞厅里面要亮一些。她走过了后两扇窗户，她的朋友，她的盟友和同谋，矗立在天际。她飞快地走过去时，头稍微向那边转了转，直到窗户把她俩又隔开。如果此刻她们之间传递了什么感激的信息或目光，那一定是她和它之间的。

她推开旋转门，走到仍然灯火通明的门厅里，一直走到楼梯口，那里有售票处和衣帽间，还有两把破旧的藤椅。

外面有两个人，那里总是有人，他们总是在那里转悠。如果你等到天亮，仍然会有一两个人在附近。其中一个，一条腿搭在长椅的边上，一定是在等还在里面的什么人，他只是象征性地看了她一眼。她从他身边走过时，发现另一个人就站在台阶的最顶端，就是刚才同她一起跳了五六支舞的那个人。

然而，他却目不转睛地望着楼下的街道，而不是满怀期待地望着她刚穿过的那些门。似乎是因为无法决定去哪里，而不是因为想和谁见面。事实上，从她走过时那人认出她的惊讶表情中，她可以看出，在那之前他根本没有看到自己走近。

她本可以一句话也不说就走的，可是他伸手去摸帽子——他现在戴了一顶帽子——说道："现在回家吗？"

如果她在里面有些收敛，那么她在门廊这就有些尖酸刻薄了。这里严格来说是敌人的领土。这里没有保镖，只能靠自己。"不，我只是来看看。我从后面上楼，这样他们就看不见我的脸，不知道我是谁。"

她沿着铺着橡胶垫的铁皮台阶，走到外面。他留在那里，好像仍然不知道该怎么办。他不是在等任何人，因为那里只剩下她一个姑娘，而她已经先发制人离开了。她还是不以为然，但这次是心理上的，没有实际表现。这和她有什么关系？任何事，任何人，跟她有什么关系？

外面的空气很好。只要离开了那个地方，哪里的空气都很好。每次她一走出来都会深呼一口气，一半是放松，一半是疲惫。现在她可以放下了。

这条街上是真正的危险地带。远处有两个模糊的人影在门口徘徊，嘴里叼着香烟。她走出来，转过身，朝街上走去，尽量不走近去看他们。那里总是会站着人，她从来没见过那里没有人，就好像猫在盯着老鼠洞。那些在楼上闲逛的人，他们通常是在等待某个特定的女孩；而下面的人，他们可以选择等待任何人。

她心里清楚这种危险。她本可以写一本书的，只不过她不会把漂亮的白纸弄脏。面对直接的挑战时，总有一段时间的延迟。危险从来不会在最接近的地方出现，也不会从门口直接进来，它总是隐忍着，等她走开一段距离后才出现。有时她认为这与勇气有关。勇敢的猫从不正面抓老鼠，而是等待老鼠背转过来那一刻。有时，她觉得它们只是发育迟缓，需要更长的时间来选择猎物。有时她只是在想："噢，管它呢。"很多时候，她根本没有想过这个问题，那只是回家路上的一摊脏水，踏过去之后走得越远越好。

今晚的挑战以口哨的形式出现，通常都会以这种形式出现。这可不是一声诚实、坦率、尖锐的口哨。它是低调的、鬼鬼祟祟的。她知道这是对着她吹的。

然后有人开口说话了："你这么匆忙干什么？"

她并没有加快脚步，那样只会激起他们的兴趣，并不会让这件事过去。当他们觉得你害怕了，他们就更加大胆了……

一只手紧紧捉住她的臂弯。她没有试图摆脱，而是突然停了下来，低头看着，而不是抬头看那人的脸。

"把手拿开。"她用近乎杀人的冷漠口吻说道。

"怎么了，你不认识我了吗？你可真不记事啊！"

她的眼睛紧绷着，在黑暗的街道上像一条白色缝隙。"听着，现在是我的私人时间了。跟你这样的人说话已经够糟了……"

"可是两天前，我在楼上时，对你够好了，不是吗？"他跟着自己的手向前移动，挡住了她的路。

她不愿让步，甚至不愿让他得逞，她试图绕过他的身边。"花钱大手大脚的人，"她平静地说，"一晚上就把六十美分花得精光，现在你又想在这人行道上捡点便宜。"

一辆出租车从身侧驶来，她没有注意到他发出的某种不引人注目的信号，车门摇晃着，欢迎似的开了。

"好吧，你真难搞，别演戏了，我知道你。来吧，我已经叫了辆出租车等着。"

"我连一辆五美分的电车都不会和你坐，更不用说出租车了。"

他半随意半强迫地试图把她推到车边。

她使劲把身后的车门关上，然后他一推，门就像一道壁垒挡住了她的背。

一个男人在他们两人对面停了下来。是那个男人，她出来时看到他在楼上的门厅里。她越过身前这个人的肩膀看见了他。她并不喜欢他，但无论如何也要请他帮忙。她从未向任何一个过路人求助过，因为这样就永远也不会失望。反正这也没什么，一会儿就结束了。

他走近了，迟疑地问她："小姐，你需要我做什么吗？"

"是的，别光站在那。你以为这是什么情况，电影《善意时刻》的试镜吗？如果你肌肉僵硬，就叫警察来。"

"噢，没必要，小姐。"他回答时带着一种奇怪的自负口气，完全不适合这种场合。

他把人拉了过来，她听到了那一击，却没有看到。拳头打在几乎没有肌肉的骨头上，那一定是下腭侧面。被打的人跟跟跄跄地退到驾驶室的后挡泥板上，身体顺势失去平衡，倒在了地上，一半趴着，一半直立，只能用一只胳膊肘撑着。

一时间三个人谁都没有动。

然后，这个趴着的小混混，以一种奇怪的后退动作爬了起来，两条腿沿着地面向后蹬，直到他确信这个距离拳头打不到他才站起来。他站起来以后，转过身，既没有威胁的意思，也没有表示出敌意，就像一个很现实的人，不会把时间浪费在这些壮举上。然后他就从他们身边跑开，边跑边掸掉腿上的灰尘。

出租车随后开走了，司机简单地询问了一下她是否还需要和新伙伴一起用车，因为觉得这里没他什么事了。

她的感激之情并没有那么强烈："你总是等那么久吗？"

"我不知道他是不是你的什么特别朋友。"他带着委屈的口气喃喃道。

"对你来说，特别的朋友有权利在你回家的路上劫持你？你自己会这么做吗？"

他微微笑了。"我没有什么特别的朋友。"

"你可以不止有特别的朋友，"她清晰地说道，"你还可以更深入些，只是我不想要而已。"她向他投去一个眼神，为这句话添加了一点个人色彩。

他看见她正要转身继续往前走，一副不想再多谈的样子。他脱口而出道："我叫奎因·威廉姆斯。"仿佛有意要再耽搁她一会儿。

"认识你很高兴。"这句话听起来并不像这个词预设的含义那样高兴。这语调听起来就像一枚铅质硬币拍打在锌质吧台上的声音一样。

她又要抽身离开，也许并没有想过中断这个动作，只是继续在做。

他转过身，朝身后看了看，刚才让她烦恼的人不见了。"也许我应该和你再一起走一两个街区？"他建议。

她既不同意也不明确禁止他这样做。"他不会再回来了。"她说。他把她模棱两可的回答当作完全同意，走到她的身边，虽然两人之间隔着几英尺的距离。

他们从舞厅门口走了整整一条街，彼此沉默不语。因为她决定什么也不说，而他——从他的几次开场白来看，他每次都让对话终结了——因为他不适应，不自在，不知道该说些什么，因为他已经达到了陪伴她的目的。

他们穿过一个十字路口，她看见他回头看。她不予置评。

第二个街区也在同样的沉默中走过。她直视前方，好像只有她一个人。她不欠他什么，她没有请他跟着自己。

他们到达了第二个也是最后一个十字路口。"我往西边走。"她简短地说道，然后转过身去，仿佛毫不迟疑地向他告别。

他没有领会其中的意思。他跟在她后面，缓缓地转过身来，又和她并肩走着，嘴里含糊不清地嘟囔着："既然我已经走了这么远，还不如走完剩下的路。"

不过，在他回头之前，她又看见他回头看了一眼。"别担心那个人了，"她尖刻地说，"他不会再来了。"

"谁？"他茫然地问道。然后，就好像突然想起来她指的是谁，"噢，我没有在想他。"

她突然停了下来，发出最后通牒："看，我没有叫你和我一起走那么远。如果你想这么做，那取决于你。现在只有一件事，保持你自己的头脑清晰。你脑子里不要有任何想法。"

他默默地接受了。他没有抗议说她错怪了他。这几乎是他第一个让她喜欢的地方，是她允许自己对他说的第一句好话，因为他一两个小时以前才第一次进入她的轨道。但她对所有像他一样挡路的人都有偏见，这个偏见形成已久：一开始你发现不那么讨厌的一些人，还是要更加小心一点，因为他们会解除你的戒备，最后展现出更令人厌恶的一面。

他们又继续往前走，两个人的距离仍有几英尺宽，他们仍然沉默不语，只是同时向前走。这是她遇到过的最奇怪的陪同，如果她一定要有人陪的话，她宁愿他们都像他这样。

他们沿着一条隧道般昏暗的街道往前走，这条街道曾是通往第九大道的高架铁路的侧支。现在它已经被翻修过了，但是由于它忍受了六十年的束缚，它的发展受到了永久性的阻碍。没有窗户的仓库的石板墙面，还有看起来像水泥罐的著名溜冰场的弧形背部，到处都是大萧条之下被分裂的建筑群，尤其是在角落的地方，从来没有被翻修过，现在被用作当停车场了。

街道上相隔很远的路灯柱，会给这些建筑物抹上一层薄薄的白色，就像有什么东西从一个颠倒的容器孔里往下过滤，然后它们的轮廓会再次变暗，融入黑暗之中。

他最终还是说话了。她记不清楚了，但她想这是自从在出租车旁发生争吵以来他说的第一句话。"你是说之前晚上你都是一个人从这里走过？"

"为什么不呢？没有比之前那边更糟的了。在这里，他们如果想抓你，那只会是因为他们想要你的钱包。"然后她又想问，"怎么了，难道你害怕吗？"但是没有问出口。主要是因为他没有说过或做过任何值得反击的事，至少到目前为止是这样，而她也厌倦了伸出爪子随时准备反击。收敛一点锋芒，这感觉不错。

他又回头看了看。这是他第二次或第三次这样做了。即使在他们刚刚穿过的黑暗中有什么东西可以看，他也看不见。

这一次，她没有装作毫不在意。"你在怕什么？他会拿着刀追你吗？他不会的，别担心。"

"哦，他，"他说，"你是说那个家伙。"他惊讶地看了她一眼，仿佛她又把他从自己的另一个思绪中拉了回来。他羞怯地微微一笑，用手摸了摸后脖颈，仿佛这种行为的过错在此，而不在他的意愿中。过了一会儿，他半自言自语地把这句话说了出来："我不知道自己在做什么。这一定是我养成的一种习惯。"

他有心事，她对自己说。不会有人每走几步路就像他这样回头看。奇怪的是，她竟然相信了他的话，认为这与刚才的那件事无关。每次她发现他向后看，他的反应都证明了这一点。他的警惕不是因为他们身后的人行道，不是因为有人躲在他背后，而是因为他身后的整个黑夜。这涉及两个维度：时间和深度。

现在她想起来了，他在舞厅购买了数额极大的门票，然后又挥霍无度地使用，就好像今晚它们就会失去价值，以后再也没有机会使用了，这件事应该与他现在的行为有所关联。

她想起来一些其他的事，问了他一个问题。

"我出来时，你正站在门厅里，站在楼梯最上方——你是在等人吗？"

"没有,"他回答道,"不,我没有。"

"那你为什么在舞厅关门以后还站在那里?"她知道他没有,因为他一直在看着台阶下方,而不是看向门内。

"我不知道,"他说,"我想我……舞厅关门后就不知道要去哪里,或是要去做什么。我想我……在试着决定要去哪里。"

那他为什么不站在外面,站在街道的入口:对他来说,站在外面思考是很自然的。她没有问他这个,答案已经很明显了。因为站在楼上的门厅就没人能看到你,所以你待在那儿是安全的,而在楼下街道入口你会被人看到。如果有人在找你,或者你认为他们在找你。

但她没有问他,主要是出于另外一个原因,而不是脑袋里那个不言而喻的解释。她没有问他,因为此时她自己的心刚刚闭上,就像一个自动开启的闸门一样,带着严厉的、刺耳的、不怜悯任何人、不允许任何人进入的禁令落了下来:你在乎什么?这和你有什么关系?你为什么想知道这件事?让他自己保守这个秘密吧。你是谁,社区护士吗?其他人担心过你吗?

她在痛苦的沉默中责备自己:"你还没有学会,是吗?他们把你打得青一块紫一块的,而你仍然向他们伸出你的手。你的大脑怎么才能记住这些教训,非得用铅管敲打吗?"

他又向后看去,她随他去了。

他们来到第九大道,沿路红白色相间的灯串一闪一闪,拜它所赐，街道在肮脏的阴影中显得又宽阔又阴沉。

他们站了一会儿，脚趾贴着路边。闪烁的灯串黯淡下来，变成了肮脏的冠冕，竖立在路两边，一一对应，每个十字路口有两排，形成绵长的、波浪形的远景，仿佛下一刻就要消散，却在另一刻又变得像先前那样凌乱。

她已经走过去了。他突然感到一阵畏缩。这是一个错误的开始，仅此而已。"来吧，灯没问题。"她说。他立刻追上了她，而他这个莫名其妙的停顿也揭露了自己。结果已经显现，原因肯定在附近的某个地方，他在等待被人发现。这时她才明白，让他停下来的并不是灯光，而是另一边那个长长的身影，那个正一步步离他们远去的巡警。

她看到他盯着巡警的眼睛转了回来，此刻才被她说的话吸引，抬起头来望着灯。

她的闸门仍然顽固地关闭着。

他们踏上对面的路缘，继续向西走，进入了紧挨着西边的街区。在那似乎无穷无尽的路上，三个毫无生气的灯光相隔很远，丝毫没有冲淡黑暗，它们似乎只是在说："看，这就是光的样子——在有光时。"

空气中弥漫着一股湿气，他感觉附近有水，以前一直没有这种感觉。在那之前的一个夜晚，一艘拖船的汽笛在某处发出凄惨的哀鸣。然后另一艘船回应了，就在靠近泽西那边。

她说："快到了。"

他为难地说："我以前从没到过这么远的地方。"

"每周花五美元，你就能到离河很远的地方。"尽管她完全明白他没有提出过任何反对意见，她还是忍不住加了一句，"不管你什么时候觉得失望，都可以离开。"

"我没有失望。"他婉转地小声说道。

她打开包，提前摸了摸钥匙。这是一种条件反射，先确定它在那里。

当他们走到灯光的中间时，她停了下来，灯光里往下冒烟的光线像尘埃落在他们身上，使彼此又都能看见。"嗯，就是这里。"她说。

他只是看着她。她觉得他看她的样子很愚蠢，好像一头牛。仿佛他在努力领会他们分别的事实，他将再次独自一人。不过至少这里面没有其他东西，没有多情的幻想。

他们对面有一个门道，差不多算是个门道。门道通往街上，一股淡黄色的反冲水从它的深处流出来，但没能流到门口，而是留向一个过渡的中间地带，一定程度上缓解了进入的危险。不过总比没有好，以前门道一片漆黑，她害怕在深夜走进去。直到一天晚上，有人在楼梯上被刀刺伤了，从那以后，他们就在楼梯下边装了一个灯。现在，她挖苦地想，如果再发生刺人的事，至少知道是谁伤的你。

她缩短了他们的分手时间,在他还站在那里,说着最后的几句话再三拖延时,她付诸实践了。那只是为了增加距离,超出手臂的范围。她从经验中学会了这样做,而不是站在那里聆听规劝和异议。她不得不这么做。

她说道:"别紧张。"突然,她已经站在门口了,而他一个人站在人行道上。"回头见。"她在那里说着,意思却正好相反:她再也不想见他,而他也再见不到她了,这就结束了。

但是,她甚至都还没走进去,就已经看见他把头转开,望着刚刚走过的那片黑暗。在他心里,恐惧已经压倒了调情。

这和她有什么关系呢?他只是一张被撕成两半的粉红色舞票,能赚2.5美分的佣金。一双脚,一个平凡之人,一个无名之辈。

01:16

　　她走到里面的走廊上。现在只有她一个人了。这是今晚八点以来她第一次独自一人。她旁边没有男人,她身边没有男人的手臂环绕,她的脸旁没有男人的呼吸萦绕,只有她一个人。她并不是很清楚天堂是什么样子,但在她想象中,当你死后去了天堂,天堂一定是这样的——就自己一个人,没有男人。她从身后一盏孤零零的灯下走过,脸色苍白,神情疲惫,开始爬那段破败的楼梯。刚开始时,她走得笔直,就算不那么轻快,至少也挺稳健;最后,她走了整整两段楼梯,弯下腰扶着膝盖,身体前后摇晃,一会儿靠在墙上,一会儿靠在木栏杆上。

她一路走到楼上，然后，呼出一口气，靠在前面的一扇门上，脸朝下，好像在专心地看着地板上的什么东西。但她没有，她只是累了。

不一会儿，她又开始挪动了。再一点点，再一点点，一切就要结束了。直到明晚的这个时候，一切就都结束了，然后又会重新开始。她拿出钥匙盲目地把它插进锁孔里，头还低垂着。她推开门，拔出钥匙，随手把门带上。不是用她的手，也不是把手，而是用肩膀向后靠着门，让门在身后缓缓关上。

她就那样向后靠着不动，伸出手来，找到拉杆，把灯打开。她的眼睛低垂着，仿佛不想马上看到灯光，不到迫不得已的时候并不想去看它。

就是这，这就是家了。这里，这个地方，这就是你打包行李箱来这里的原因。这就是你十七岁时所期待的，这就是你长得漂亮的原因、优雅的原因、成熟的原因。这里到处都是碎片，你几乎无法移动。碎片淹没了脚踝、膝盖，你看不到它们。它们是破碎的梦想、碎裂的希望、坍塌的拱门。

在这里，你有时哭泣，在深夜里，对着自己低声而安静地哭泣。但在其他更糟糕的夜晚，你只是躺在那里，眼睛干涩，感觉不太好，不再关心任何事。她想知道是否会花很长时间才会变老——希望不会。

她终于从门口走开了，在她脱下帽子、甩掉外套时，她离灯光更近了——尽管她很累,脸色也很苍白,这个问题还是得到了回答。是的,会花很长时间,这也将是一种可恨的耻辱。

她倒在一把椅子上,摸索着她的鞋带,扯了下来。这是她进来后做的第一件事,一直都是这样。如果脚必须被用来跳舞,那么也应该由自己来决定,快乐地,只跳一小会儿,用一两种舞姿就好。它们不应该被迫跳舞,忍受着一切无止境地跳舞。

过了一会儿,她把脚塞进一双毛毡拖鞋,脚踝处鞋的毛边已经不成形了。她躺在椅子上没动,睡意蒙眬,头向后仰在椅子上,两臂无力地垂向地板,在做任何其他的小事之前,她还有事要做。

靠着墙的地方有一张小床,虽然没人躺着,中间部分却凹下去一块,仿佛是长年睡在那里而磨损了似的。有时她怀疑她们是否也像她那样哭过,那些在她来之前睡过那张床的人。有时她想知道她们现在在哪儿,是在雨中的街角兜售一袋袋的薰衣草,还是在黎明时分擦洗办公室的门廊;也许现在她们可以一直躺在另一种床上——更结实的一张帆布床,上面铺着草皮——纾解困顿。

灯光下,有一张桌子,桌子旁边放着一张直背椅子。桌上放着一个信封,已经贴好了邮票,写好了地址,准备寄出,但还得装入信件并封口。题写着"爱荷华州格伦瀑布市安娜·科尔曼女士(Anna Coleman)收"。旁边是一张待写的便条纸,空白的,只有三个单词:"星期二,亲爱的妈妈……"然后就没有别的了。

她本可以闭着眼睛写完的,她已经写了很多类似的东西了。"我过得很好。我现在参加的节目很受欢迎,每天都要把很多人拒之门外。节目叫作……"然后她会从影院专栏里选一个名字填进去。"我的戏份不太多,只是跳跳舞,但是他们已经在讨论让我在下一季扮演一个有台词的角色。所以你看,妈妈,没什么好担心的……"诸如此类的话。然后是:"不要再问我需不需要钱,太可笑了,我从来没有听到过这样的话。相反,我给你寄了一些东西。按理说,他们给我的薪水应该高得多,但恐怕我有点太爱花钱了,你得在这个行当里装门面,而这间公寓虽然很漂亮,可是有了黑人女佣和其他一切后,就相当费钱了。但我下周会努力做得更好……"然后她就会塞进两张一美元,上面全是她无形的血。

诸如此类,她本可以闭着眼睛完成的,也许她明天起床就能完成。她得赶快写完,它已经这样躺在那儿三天了,但今晚不行。有时候,你累得连躺下的力气都没有了。

她站起来,走到一排碗柜前,那是一个没有封口的壁柜,装在后墙上,敞开口。架子上放着一个煤气环,上面有一根橡胶管,连着墙上面突出来的喷嘴。她划了一根火柴,打开了喷嘴,一团缓慢燃烧的蓝色火焰跃了出来。她放上一只破旧的锡咖啡壶,准备每天早些时候开始煮咖啡,因为那时走动还不怎么难受。

然后她手移到肩膀处,准备拉开连衣裙脱掉。她突然想起来什么,立刻朝临街的窗户望去,那里曾给她留下过阴影。另一边也有屋顶,即使没有别的,害虫有时也会爬上去。有一次,在夏天的时候，一声轻佻嘲弄的口哨声飘了进来，让她知道了这一点。从那以后，她就再也没有忘记。

她停止了脱裙子，走过去把窗帘拉下来，可是当她把手放在绳子上时，她怔住了，一动不动。

他还在下面。他在这条街上徘徊，就在这所房子的正前方。就是刚才跟她一起走过的那个人，落在他身上的灯光使她确信那人就是他。

他站在人行道的边上，看上去不知所措，好像既然他已经走了这么远，离开这里后又要往哪走，该去哪儿呢。好像是她的突然离去把他困住了，他一动也不动，但也不是完全静止。他在所站的地方不停地晃动着，就像一个抖动的指南针。

他并不是因为她才待在那里的，这一点从他的姿态中可以看出来。他背对着她，或者至少部分背对着她；他半侧着身子站着，与街道的方向平行。他没有抬头，也没有在任何一个窗口寻找她。他没有往里看，也没有好奇她最后一次走过的那个门口。他又像她还跟他在一起的时候那样，目不转睛地望着远方，望着街道的下方和上方，只是偶尔中断一下。他望着黑夜，望着他和她最后一次走来的那个方向，焦急、担心、害怕。是的，即使是在三层楼上，他整个身体所传达的情感也不会错，他在害怕。

虽然有充分的证据证明这并没有冒犯到她，这与她无关，但她却不免生气。他到底想干什么？他为什么不去别的地方溜达呢？

他为什么在她门口晃悠？她想离开他们所有人，她想忘掉他们，忘掉那些与舞厅有关的人。他就是其中之一。他为什么不回到属于他的地方去呢？

她的嘴抿得紧紧的，皱起了眉头，她的手摸索着下面窗框上有手指那么宽的缝隙。她打算把窗户拉得高高的，探出身子，朝他破口大骂："快走，滚开！去做你自己的事吧！你在那等什么？快走，不然我叫警察了！"她知道粗野的女人都说着什么样的话，无论他多么不情愿，这些话都能成功地把他赶走，或者迫使他勇敢地面对周围打开的每扇窗户，看看是什么原因导致了这场激烈的争吵。

但还没等她这么做，事情就已经发生了。

他转过头，看向另一边。目光仍然沿着街道，但现在是向着西边，朝着第十街和更远的地方。这只是歇息、暂停，他仍是目不转睛地盯着第一个方向。这时，她突然看见他半蹲下去，毫无征兆地，虽然从她所在的地方，从窗玻璃里，还是什么也看不见。

过了一会儿，就一会儿，他停住想确认开始那一瞥看到了什么，然后他冲到旁边，从她那个有利位置正下方的某处消失了。从他消失的方向判断，他显然躲到了她所在这栋楼的门道里。

一时间没有迹象表明是什么原因使他匆忙退缩。下面的街道死气沉沉，笼罩在一片黄铜色的黑暗里，只有路灯柱上被那凄凉的光晕映照到的地方有点白。

她站在那里,脸紧贴着窗户,等待着,注视着。突然,毫无预兆地,一个白色的东西,形状像一只倒转的小船,在黑夜的潮水上漂过。她过了一会儿才明白它是什么,它在不知不觉中飞驰。那是一辆小型巡逻车,在深夜例行巡逻。在没有灯光和喧闹的情况下接近,趁歹徒没有防备时将其抓捕。

它没有目标,也没有跟踪任何人,更没有跟踪他;她可以从那巡逻车懒散的状态中看出这一点。它只是在巡视,是随机来这儿的。

现在巡逻车已经开过去了。有那么一会儿,她真想按原先的打算把窗子打开,然后叫它停下来,告诉他们:"有一个人潜伏在这下面的门口,快去问问他在干什么。"但她没有。为什么要这么做?她问自己。他没有做任何公然反对她的事,也没有做任何据她所知的错事。她不为他辩护,但也不为他们辩护。他不是她的兄弟,但她也不是他的监护人。

不管怎么说,车已经开过去很远了。车里的人甚至没有朝这栋房的门这边瞥一眼。它沿着下一个拐角继续平稳地行驶着,它比以往任何时候都更像一只小船,乘着看不见的水流前进,缩小到一个豆荚大小,然后向右转,不见了。

她等了一会儿,看他是否会再出来,但他没有。房子前面的街道依然荒凉,仿佛他从未到过那里。他躲在别人看不见的地方,不管他去了哪里,他的勇气都耗尽了。

她最终把窗帘拉了下来,这是她在这一切发生之前最初的打算。她转过身去，但她没有开始脱衣服。她穿过房间，走到门口，站在那里听着。然后她慢慢地打开门，用手按住门边缘不发出声音。她走到外面空荡荡的大厅里，由于脚上穿着软底鞋，她走路声音很小。

除了她自己，没有任何声音显示出有人在走动，也没有任何声音表明楼上或楼下有外来人。她走到楼梯周围有栏杆的地方，小心翼翼地探出身子，光线很暗，她从三层楼梯的通风口往下看，一直看到最底下。

从她一开始站的位置看不出任何东西，楼梯之间交叉的地方太多了。她又向前移动了几步，在楼梯的底部有了一条对角线的视角。

她看见他在下面。在第一层楼梯上，蜷缩着身子，愁眉苦脸地靠在栏杆上，离最后一层楼梯平台还有一半的距离。他的双腿蜷缩在身体下方不到一步的地方。他摘下了帽子，一定是放在了旁边的台阶上，但距离太远她看不清。他唯一在动的地方是他的手，不然他就是一动不动地坐着。她可以看到外面的那个人在不停地抓头发，一遍又一遍，仿佛某种根深蒂固的困境正在折磨着他。

他不能那样待在那儿，他不能整晚都待在大厅里。然而，片刻之后，她出乎意料地选择让他看到自己，这并不是她原先想打开窗户大声喊叫所要表达的用意。一些事让她改变了主意，也许是他缩成一团坐在那里的那种绝望、无助的样子。她不了解自己，她让他看到自己，但同时又不向别人透露他的存在，至少她让他休息了那么久。她已经很久没有让人休息这么久了，几乎和她上一次休息的时间一样长。

为了引起他的注意，她压低了声音，有力而又轻声地对他发出一种嘶嘶的信号。

他转过身抬头看，吃了一惊，正准备跑开，可当隔着狭长的距离看到她的局部脸庞时，他停住了。

她对着他猛地晃了几下头，做出一种哑剧的姿势，让他走上来。他立刻默默地站了起来，她有一两分钟没有听见动静，但她能听见他急急忙忙一步两步地往上爬。然后他出现在最后一排楼梯上，在栏杆上转了最后一圈，在她身边停了下来，喘着粗气。他带着疑问的目光望着她，同时又带着几分憧憬的神情，仿佛在这个时候，任何来找他的人，都一定是个好人。

在她看来，他似乎比刚刚年轻了，比她在厅里看他那会儿要年轻。那里的灯光，甚至更夸张的是，布景本身，使每个人看起来都比他们实际上更险恶，更老练。她知道他没有变，一定是她对他的印象变了。也许刚才她看见他坐在楼梯上，没了方向时，脑海里对他的印象就已经改变了。毕竟，每个人都是通过自己的个人视角来评判一个人，而不是通过他们在现实中的样子来评判。

"你碰到什么麻烦了，兄弟？你在想什么？"她故意加强语气，用刺耳严厉的声调问他，想消除她开口就提这个问题而不是让他就在下面楼梯上待着所隐含的兴趣。她违反了自己制定的规则，所以她尽可能地表现得不情愿。

他说:"没什么……我……我不明白,"他猛地摇晃了一下。然后他恢复了精神,说道:"我刚才在下面休息了一会儿。"

"是啊,"她冷冷地说,"有人凌晨两点会在陌生人家的楼梯上休息,然后什么都不想。听着,这些事都积在一起,我不需要用我的手指来计算。你一直在看你的身后,一路走到这儿都是这样,你不觉得我明白了吗?当我第一次从舞厅出来时,你在角落里休息……"

他低头望着身旁的栏杆,仿佛直到现在才看见它,仿佛它突然出现在以前没有出现过的地方。他不停地用手掌在上面转来转去,仿佛要把某个擦不干净的地方擦亮。

是的,对她来说,他越来越年轻了。他现在只有二十三岁,可能比一般标准小了点。当他第一次来舞厅时,他还是——好吧,老鼠是没有年龄限制的。至少,你不会去调查。

"你刚才说你叫什么名字来着?我知道你之前在外面告诉过我,但是我忘了。"

"奎因·威廉姆斯。"

"奎因?我之前从没听过这个名字。"

"这是我妈妈结婚前的名字。"

她耸了耸眉毛。不是关于名字,而是关于他们之前的交谈。"好吧,随你了。"她不去理会,"这是你自己的事。如果你感觉对,就坚持。"

她房间里的什么东西引起了她的注意。一阵轻微的哗啦哗啦的骚动,她立刻就能从长期的经验中辨别出来。她急忙转身走了进去,一句话也没说把他留在那儿。她走到煤气环前,把它关掉。闪烁的蓝色冠冕抖了抖,骚动平息了。

她拿起锡咖啡壶,把它移到桌子上。她的门是开着的,她走过去想把隔着他们两人的门关上。

他还站在外面,在后面不远的楼梯旁,就是她刚才离开他的地方。他有一种被动的、听天由命的气息。他还在栏杆上揉着自己的手,低头看着自己的动作。

她的手紧紧地抓着门。"你真是个笨蛋!"她自言自语道,"你就没学过吗?难道你不知道该做你想做的事吗?"她就这样一动不动。她用一句话给自己开脱:这是我最后一次友好相待。真的就一次,这座城忽视了我,也离开了我。不如把它从我心中清除出去,然后我就没事了。

她又生硬地、蛮横地朝他一甩头:"我这儿有咖啡。进来吧,我倒一杯给你。"

他又走上前来,急切得就像上楼时一样。看得出来,他需要振作起来:在某种程度上,这就是他的问题所在,需要一个可以倾诉的人。

但她的胳膊仍然没动,抓着门,等他走到门口时挡住他。"就一件事，"她狠狠地警告他，"只是邀请你和我一起喝杯咖啡，仅此而已，不加糖。你如果敢多看我一眼，还……"

"我没想过那种事。"他带着一种奇怪的矜持说道，她直到现在才知道男性会表现出这样的矜持。他又说："一个人只要看别人一眼，就能知道他想做这件事还是那件事。"

"当你知道他们当中有多少人应该去看眼科医生时，你会感到吃惊的。"她没好气地说。

她的手臂放了下来，他进来了。

她关上了门，说道："小声点，我隔壁房间有个老疯子……你可以坐那张放在那儿的椅子，"她又说："我把另外一张挪过去，就是希望挪的时候别散架。"

他拘谨有礼地坐了下来。

"你可以把帽子扔到那边的小床上，"她殷勤似的提议，"如果你能扔得准。"

他不确定地试了一下，越过桌子和咖啡壶，但还是成功了。

他们都注视着帽子掉落，然后转过头来，试探性地对对方微笑。这时她回过神，赶快检查了一下自己的帽子。他的丢那之后就不管了。

"不管怎么说，我从没能做成过这件事。"她说，仿佛为自己心软邀请他进来感到抱歉。"如果我这样做，不碰到屋顶就好。"

她拿来了另一套茶杯和茶碟，说道："我还买了第二套，是因为伍尔沃斯（Woolworth）买两套只要五美元。你要么买两套，要么就不找零。"她把它倒过来摇了摇，几粒麦片掉了出来。"我第一次用它，"她说，"最好用水洗一洗。"她把它拿到碗柜架子下面一个发了霉的绿色水龙头那里。"你喝吧，"她转身对他说道，"别等我了。"

当他拿起咖啡壶准备倒时，她听到了做工松散的壶嘴发出的嘎嘎声，然后它重重地掉了下来。事实上，是扑通的一声，放在桌上的杯子随之发出响亮的声音。与此同时，他的椅子轻微晃动。

她正在上下摇动杯子，把水滴泼出去，再把杯子擦干，听到声响，急忙转过身来问他："你在干什么，把自己烫伤了吗？洒到身上了吗？"

她觉得他的脸色有点发白。他摇摇头，但他太专注了，没有看她。他的手还放在壶上，壶已经放下来了。他手里拿着她前几天写给她母亲的信封，定睛看着，仿佛惊呆了。她一眼就看出一定发生了什么事。壶肯定是一开始压在信上面的，当他把壶拿起来时，热得信都粘在上面了。他把信封扒下来，于是注意到了什么让他这么吃惊的事。

她走回桌子，站在桌边问道："怎么了？"

他抬起头看着她，仍然拿着信封。他张着嘴，在他说话前后，一直保持着这个姿态。他问："你认识那里的人吗？爱荷华州，格伦瀑布市？你是要把信寄去那里吗？"

"是的，怎么了？"她干脆地说道，"信上就是这么写的，不是吗？我是写给我妈妈的。"她的态度中流露出一丝蔑视："怎么了，为什么要这么问？"

他开始摇头，他慢慢地站了起来，但中途改变了主意，又坐了下去。他一直盯着她看。"我想不到，"他喘着气，摸了一会儿自己的额头，又说，"我就是从那儿来的！那是我的家乡！我一年多以前才离开那的……"他的声音提高了一个音调，一副难以置信的样子。"你是说你也是从那儿来的？你是说我们两个……在全国几百个小镇里……"

"我是从那儿来的。"她谨慎地表示同意，但她去掉了"也"。她在他对面坐下来，小心翼翼地考虑着。听到他从嘴里说出来的第一个字，怀疑就油然而生，像电流一样在她体内噼啪作响。她习惯这样了，她已经学会了无论何时何地都不要相信任何人。这是避免上当受骗的唯一办法。这到底是什么？角度是什么？他从信封里得知了这个城市的名字，任何人都可以看到，到目前为止，一切都正常。他想以此为基础建立什么呢？接下来是什么？这么做是为了对她做什么？半个纳尔逊[1]对她动情了，在她醒来并摆脱之前？她明白一件事：这是一个新噱头，她自认为明白所有的套路。

等等，他完全没有防备，她会搞定他。"这么说你来自格伦瀑

---

1 Half Nelson，上映于1985年的一部美国电影，主角是一个人格分裂的初中男教师。

布市。"她用探询的目光望着他,"你那时住在哪条街?"

她用指甲轻敲着桌子的边缘给他计时。他的回答抢先一步,仿佛发令枪还没响,就冲了出来。"安德森大街,靠近松树街,在松树和橡树之间的第二幢房子,就在拐角处……"她仔细地看着他的脸。他根本不需要思考,答案脱口而出,就像在说自己的名字。

"你有没有去过宝石电影院,就在法院广场那儿。"

这一次他有点迟疑。"我在那儿的时候还没有宝石电影院,"他茫然地说,"只有两个,州立电影院和统一电影院。"

"我知道,"她低头看着自己的手,轻声地说,"我知道没有。"

她的手有点发抖,所以她把它伸到桌子下面。"铁制人行桥穿过铁轨的地方是哪几条街?就是从轨道一边跑到另一边。"

只有那些来自那里、在那里生活了半辈子的人才能回答出这个问题。

"为什么这么问,它没有穿过任何街道,"他回答干脆,"它处在一个尴尬的地方,位于枫树街和辛普森两条街的中间,如果你想穿过它,你必须沿着人行道一直走,直到你到达另一边。大家好几年都是这么过来的,你自己也知道……"

是的,她知道。但关键是他也知道。

他说:"天呐,你应该看看你自己的脸色,也都白了。刚才我也是这种感觉。"

所以这是真的,这个奇怪的人刚才脸色发白。

她坐了下来，两臂僵硬地靠在椅子扶手上，直到缓口气又能说话时，她低声道："你知道我住在哪儿吗？你想知道我住在哪吗？在埃米特路上！你知道在哪儿是吧？啊，那是下一条街，在安德森大街之后。它并不是完全贯穿的。这么说，我们两家房子应该是背对背，即使不是正对着，这也太神奇了！"然后她停了下来，心想："我们怎么就从来没在那儿见过呢？"

"我一年前来到这里的。"他说了个数字。

"我五年前来到这里的。"

"直到我父亲去世后，我们才搬进安德森大街的房子，那是两年多以前的事了。在那之前，我们在马布里附近的一个农场里……"

她立刻点了点头，很高兴这种巧合没有被冰冷的地图绘制打破。"那就是当时的情况。你搬到城里的时候我已经走了。但也许现在，就在此刻，我的家人已经认识了你的家人，有点像后墙邻居。"

"一定是，"他说，"一定是。我现在能想象得到，妈妈总是很善于……"然后他停了下来，更直截了当地说："你还没有告诉我你叫什么名字呢。我已经把我的名字告诉你了。"

"噢，还没有吗？时间似乎要倒退回去一大段，不是吗？我叫布里基·科尔曼（Bricky Coleman）。我的真名是露丝，但大家都叫我布里基，连家里人也叫我布里基。我小时候很讨厌它，但我现在有点怀念它了。他们起这个名字是因为……"

"我知道,是因为你的头发[1]。"他替她说完。

他的手臂沿着桌面向她伸来,手掌向上伸着,有点犹豫,好像如果被忽视的话,他就准备收回。她的手同样迟疑地从侧面伸出来。两手相交,十指相扣,摇了摇,又分开了。他们尴尬地隔桌相视一笑,这一小动作完成了。

他羞怯地低声说:"你好。"

"你好。"她轻声回应。

接着,暂时的拘泥又消失了,他们对彼此之间的联系产生的共同的兴趣,使他们再次融合。

"我想他们现在一定已经见过面了——在那儿——你说呢?"他说道。

"等等——威廉姆斯,这名字很耳熟——你有一个长着许多雀斑的兄弟吗?"

"是的,我弟弟,约翰尼(Johnny)。他只是个十八岁的孩子。"

"我敢打赌,他就是那个和我侄女米莉(Millie)在一起的人。她自己只有十六七岁。她不断地写信给我,谈到新近某个叫威廉姆斯的男孩迷恋她,说他一切都很好,就是有雀斑,她希望雀斑会慢慢消失。"

"他打曲棍球吗?"

"在杰斐逊高中队!"她尖叫着回答。

---

[1] 布里基,英文 Bricky 有"砖色"之意。

"那就是约翰尼。就是他没错了。"

他们只能一起摇头,惊讶得发呆。

"世界太小了!"

"确实!"

现在是她看他,天啊,她这么看着他,研究他,用心地研究他,就像第一次见到他。他只是一个男孩,一个普通的男孩,相貌平平,没有什么了不起的。只是个邻家男孩,住在隔壁的男孩。每个小镇女孩的生活中都有一个这样的人,他就是,不过现在是她的了。那个本该属于她的人,只要她留下来,再多等一会儿,他就是她的了。

对隔壁的男孩来说总是什么都看不出来。他离你太近了,你看不清他,没有激情,没有浪漫,因为那些总是来自远方。但他干干净净,这才是重点。她怎么就没有在舞厅里看到过他呢?甚至在他第一次进来时,甚至在她认识之前?嗯,不过当他们对你来说只是一张门票和一双脚的时候,你又怎么会看见呢?

他们谈论着家乡,说了好一会儿,声音低沉,眼神蒙眬。他们把它拉近,穿过窗户,和他们一起进了房间。窗外的夜空中,那座至高无上的大钟渐渐远去,取而代之的是广场上那座白色小教堂尖塔上的钟声,柔和而甜美地报时,仿佛在说:"睡吧,我会照顾你,你到家了。睡吧,你很安全,我在看着你——"

他们谈了一会儿,起初说得很慢,有点难为情,有点尴尬。然后,他们兴奋起来，就越聊越快，越来越流利，忘记了自己是谁，忘记了自己是什么；他们不再谈论别人，而是开始谈论自己。直到他们之间只剩下一条奔流不息的回忆之河，他们把自己错落的记忆有节奏地交织在一起，都投进了这条回忆之河里。

"马库斯百货公司前的那块人行道木板，如果你走得太靠近边缘，木板就会翘起来，我敢打赌他们还没修好呢！"

"还有波普·格里高利（Pop Gregory）的糖果店，记得吗？他过去常常为自己的招牌糖果想名字——'东方奢华圣代'……"

"在下主街上有一家精英药房，还有另一家大药店……"

"廊棚上的牵牛花……"

"夏天，所有的前廊都有吊床，晚上，人们在吊床上懒散地晃着，一杯柠檬水放在脚下的地上。你放的是柠檬水吗？我都是一杯柠檬水……"

"晚上没有音乐。嘘，你能听到针落地的声音。"

"杰斐逊高中，里面全是干净整齐、一尘不染的花岗岩石，校区有一个街区那么长，我曾经认为它是世界上最大的建筑。你上的是杰斐逊高中吗？"

"当然，我想每个人都上的是杰斐逊高中。前面台阶上那些磨光的石块倾斜着，我每次出来都是站着滑下去的。"

"我也是。我猜你也上过埃利奥特（Elliott）小姐的课。你上过埃利奥特小姐的高级英语课吗？"

"当然，每个人都上过埃利奥特小姐的高级英语课。你也不得不上。"

有什么东西让她难受了一会儿。住在隔壁的男孩，她却在五年后的两千英里之外才遇见他。邻家男孩，那个她本该认识却从未认识的男孩。

"在街道的另一边，人们会向你问好，即使你从来没有见过他们，他们也从来没有见过你。"

"天黑以后，就没有音乐了。没有滑动的长号在拉动，在演奏，只有蟋蟀这一类的东西。没有音乐，没有音乐，从来都没有。"

"冬天有又厚又深又松软的雪，覆盖了所有的东西，就像棉花糖一样……"

"但是在春天……噢！我可以跳过冬天、秋天，甚至夏天。但是在春天！那些淡粉色的东西常常从树上冒出来，你走在街上，就像闻到多萝西·格雷（Dorothy Gray）苹果花的香味……"

"从你孩提时就认识你的人，都在那里。那些关心你的人，如果你生病了，他们会带着果冻停在门口。等你长大一点，如果你碰巧没钱了，他们会很乐意把钱借给你……"

"看看现在的我们。"她的头倒在桌上她交叉的双臂里，就像她的脖子突然断了似的。

两次，三次，她的拳头轻轻地打在桌面上，徒劳之举。"家，"他听见她喘着气说，"家，我归属的地方……我想再见到我的妈妈……"

当她再次抬头时,他正站在她身边。他没有碰她,但她知道他已经开始动了,他会在她不注意的时候伸出手来,然后不知道该怎么做,于是就放弃了这个念头。她从他刚才那蹩脚的握手方式就能看出来。

她笑了笑,努力眨着眼睛,不让他看见她眼中的湿润。

"让我们抽支烟,"她声音沙哑地说,"我每次哭完都会抽根烟。我不知道我是怎么了,我好多年没这样因为陪伴而哭过了。"

他没有给她香烟,让她又故作坚强。"你为什么不回去呢?"他说。他似乎又老成了一点,也许现在轮到她变得更年轻了。城市让你变老。而家,待在家里会很年轻。甚至当你想到家的时候,那也会让你在一段时间内变得更年轻。

她不打算回答,他又接着问。她发现他一旦开始做任何事,就会变得一根筋。"为什么不?你为什么不回家呢?"

"你以为我没试过吗?"她阴沉着脸说,"我一直在看车费的价格,已经倒背如流了。我到那儿去问了很多次,我对巴士时刻表已经烂熟于心了。一天只有一班,早上六点出发。你可以乘晚上的车,但你必须在芝加哥过夜。住一晚——在芝加哥或其他任何地方——然后你就失去了勇气,你只能转身回来。我知道,别问我为什么,我知道。有一次,我甚至走到总站,把我的包都放在身边,坐在那里等着他们开门。但是我做不到,我在最后一分钟离开了。我把票退了，然后拖着疲惫的身体回到了这里。"

"但为什么？如果你这么想回去的话，你为什么不能回去？是什么牵绊了你？"

"因为我做得不好，我没有做出成绩。他们认为我在百老汇的一个大型动画制作公司上班，可我只是一个被租来的行李袋，任由人们在地板上推来推去。"

"但他们是你的家人，他们是你的自己人；他们会理解的，他们会第一个设法让你轻松，让你振作起来。"

"我知道，我什么都可以告诉妈妈。我不是这个意思，我是说所有的朋友和邻居们。她可能多年来一直在向他们吹嘘我，读我的信，你知道这会怎么样。当然，妈妈和其他女孩会站在我这边，她们一句话也不会说，但这同样会伤害到她们。我不想那么做。我一直想回去，让她们为我感到骄傲，现在我回去只会让她们为我感到难过。这有很大的区别。"她抬头看着他，摇了摇头。"但这只是部分原因。这根本不是主要原因。"

"那是什么？"

"我不能告诉你，你只会笑话我，你不会懂的。"

"我为什么要笑话你？我为什么不明白？我也是从那里来的，不是吗？我和你一样在这城市里。"

"就因为如此，"她说，"就是城市本身。你认为它只是地图上的一个地方，对吗？我认为这是我个人的敌人，我知道我是对的。

城市有害，会让你沮丧。现在我身上有'半个纳尔逊'，这就是我为什么不能离开的原因。"

"但是房子、石头和水泥建筑没有手臂，如果你想走，它们不会伸出手来拖住你。"

"我说了你不会明白的，它们不需要有手臂。当所有这些东西聚集在一起时，它们会向空气中释放一些东西。我不会用很花哨的语言来形容，我只知道这其中有它的智慧，来源于它自己。它是卑鄙的、可恨的、邪恶的，当你长时间地吸入太多，它就会钻进你的皮肤，渗入你的身体——你就会沉沦，整个城市就会把你圈住。然后你所要做的就是坐着等待，不一会儿它就完成了工作，把你变成了你从来都不想成为或不认为你会成为的人，那样一切就太迟了。然后你就可以去任何地方——家或者其他地方——从那以后你就一直是这样了。"

这次他只是看着她，没有回答。

"我知道这听起来很吓人，我知道你不相信我，但我知道我是对的。我能感觉到，我告诉你，就像有一个大脑，一个会独立思考的东西，悬在上面。看着你，和你一起玩，就像猫捉老鼠一样。它会让你离它有一段距离——就像我一样，去公交总站——然后就在你认为自己已经成功的时候，你将完全摆脱这一切的时候，它会在你后面伸出手，再把你拉回来。你认为这是你自己的自由思想，但并不是；你以为你改变主意了，但你没有。它是蒸汽，是烟雾——

有一个词，看看我能不能记得——城市释放出的瘴气，已经渗透进你的身体，替你做了决定，或者你可以说它就像一个漩涡。如果你安静地坐在中间，不试图离开，你就没有任何感觉。但当你太靠近外面，试图想办法出去时，它又会把你吸回来。有几次我几乎能感受到它的吸引力，就像当你在游泳时，一股激流将你吞没。你什么也看不见，但你能感觉到它的阻力。你是唯一知道它在那里的人，也是唯一必须知道它在那里的人。因为你正在下沉，你无法靠自己克服它，现在你明白我的意思了吧？"

她甩了甩手，不让他说出她觉得他可能要说的话。"噢，我知道，每年都有成千上万像我们这样的人来这里。他们一直拼到最高的位置，各行各业都有。有人说，整个纽约的人都是从外地来的。但这并没有打倒我的观点，只不过更加证明了我的观点：这座城市是可恨的。如果你是那千分之一的人，但比其他人弱一点、慢一点，在你需要多一点帮助，前进中需要一点推力时，它就向你扑过来，暴露出本性。这个城市是个懦夫，它会在你失意时打击你，而且只在你失意时。我说这个城市可恨，哪怕其他人都认为它好，可我就是这样，它对我来说仍是可恨的。我憎恨它，它是我的敌人，它不让我走……我就是这么清楚地明白。"

"你为什么不回去呢？"他又问了一遍，"为什么不呢？"

"因为我再也没有足够的力量来挣脱它对我的控制。我以为刚刚告诉过你了，我已经向自己证明了这一点：那天清晨，我坐在巴士总站等车时,我明白了那是什么。天色越亮,我想离开的阻力就越大。它偷偷靠近我,称自己为'常理',它击垮了我。当太阳开始从高楼顶上升起,第三十四街人行道上的行人渐渐增多,它又变成我熟悉的样子来戏弄我,好像我已习惯了它,它不会伤害我,而我也无须害怕似的,它低声说:'你可以明天再去。为什么不再等一个晚上呢?为什么不多试一个星期呢?为什么不再拼一下呢?'等巴士发车员喊'都上车'时,我已经提着包,像个梦游者似的朝另一个方向走去,像被鞭打过一样缓慢地走着。不是开玩笑,当我走出来,我能听到长号和萨克斯在嘲笑我,在某处的高楼顶。'我们赢了!我们知道你走不了!小可爱!我们赢了!'"

她手托着头,若有所思地望着地上,眼神空洞。"我没能打破它对我的束缚,也许是因为我太孤独了,我一个人不够坚强。也许如果有人陪我回家,当我想要退缩时有人抓住我的胳膊,我就不会软弱,我就能做到。"

他的脸紧绷着。她看到了。她看到了他用手指的边缘轻轻划过桌子上想象出来的边界线,仿佛要把什么从另一件东西中引出来似的;也许,是想把过去的回忆引出来。"我要是昨天遇见你就好了,"她听见他说,与其说是对她说,不如说是在自言自语,"我希望我是昨天晚上遇见你,而不是今天晚上。"

她明白他的意思。他做了一件他不应该做的事,从昨天开始就是,现在他不能回头了。他什么也没告诉她,但她早就知道他有心事。

"好吧，我想我还是走吧，"他咕哝着说，"我想我该走了。"

他朝他放帽子的地方走去，她看见他把枕头的边缘抬起来了一点儿。她看见他的另一只手朝他上衣内侧的口袋伸去，好像不想让她看见他要把什么东西拿出来。

"把它放回去，"她尖锐地说，"别这样。"接着她的声音变得柔和了一些。"不管怎么说，我还有车费。我已经把它放在那八个多月了，只留五美分在中途买一个汉堡包，就像储蓄金，一个老得已经凝固了的储蓄金。"

他回到她身边，帽子戴在头上。他没在桌边逗留，继续向门口走去，脚步并不快，也不是故意的，像是漫无目的地挪步。当他从她身边走过时，他的手滑过她的肩膀，这是一种临别寄语，无声却又完美地表达了他想要表达的意思：承受着共同的痛苦，没有能力互相帮助的同情，以及同一条船上的两个人。

她让他一直走到门口，直到手放在门把手上。"他们是因为什么事在找你，是不是？"她平静地说。

他转过身来，回头望着她，但没有对她的洞察力表示过度惊讶或怀疑。他老老实实地说："最迟在今天早上八九点钟左右，他们就会找到我了。"

01:40

　　他把手从门把手上拿开，又回到她身边。他什么也没说，把外套翻过来，沿着下方边缘摸索着衬里。他打开了一条缝合线，看上去好像是故意用小刀或刀片划的。他的手指灵巧地在里面自由摸索。下一刻，他们之间的桌子上多了一叠用橡皮条捆住的钞票，最上面的是五十元。他换到外套的另一边，打开了一条相配的缝合线，将第二叠钞票放在第一叠上面。这一次最上面的面值是一百元。

　　他颇费了些时间。他把这些钞票均匀地插在上衣的下摆周围，这样它们的形状在任何一个特定的地方都不会暴露出来。他的口袋里还有其他的东西,他甚至在一条腿边系了一捆,就在袜子下面。等他全部拿出来,桌上就摆了六叠完整的钞票,第七叠钞票已经散乱,而且部分也已破碎。

她脸上毫无表情。"这是多少钱?"她平静地问。

"我现在不确定了,一定超过两千四百美元了,一开始实际只有二十五美元。"

她的脸上仍然毫无表情。"你从哪儿弄来的?"

"一个我没有权利去的地方。"

在那之后的几分钟里,他们谁也没有再说什么。好像那些钱不在他们两人中间。

最后,无须催促,他开始谈论这件事。也许因为她来自他的家乡,而他必须告诉别人。她就是隔壁的那个女孩,如果他们俩还在那儿,他会把自己的烦恼告诉她的。他在那儿不会有这样的事情告诉她,但他在这儿,所以他要在这儿告诉她。

"就在不久前,我还有一份电工助手的工作,有点像学徒或助理,随便你怎么称呼它。工资并不多,但还是有一些。我们几乎什么都做,修理收音机,把它们从一种电流转换成另一种电流,也修理电熨斗、真空吸尘器,会在墙上装上新的插座或在人们家里装上加长的电线,又或者是修理门铃——你知道,诸如此类的事情。

"这并不是我来这儿的目的,但比我最初几周睡在公园长椅上的时候要好多了，所以我没有抱怨。

"大约一个月前，我把这工作弄丢了。我没有被解雇，只是公司倒闭了。那个老家伙心脏病发作，医生告诉他要小心点，所以他就不做了。没有人接替他，我也不是他的亲戚，所以他就关门大吉了。我又陷入了困境，就像以前一样。我每一刻都在艰难地找工作，但是找不到别的工作。没有什么是稳定持久的，不管是在这一行还是在其他任何一行。穿着油腻的连身马甲不停洗盘子，或者在经济餐馆当卖票的服务员——在这个镇上，一切都很紧张，其他地方都不营业。1939年是艰难的一年，你自己也知道。当我看到我又将陷入绝境时，我想应该回家了，因为我身上还有车费。或者写信给家人要一些钱，他们会寄过来的。但我想，就像你一样，我讨厌承认自己被打败了。我是一个人来的，我想要靠我自己成功。我，是个聪明的人。"

他一边跟她说话，一边慢慢地踱来踱去。他沮丧地把手深深插进口袋，低头看着自己的脚。

她只是坐在那儿，侧身靠在椅子上，托着自己的腰，专心地听着。

"现在我得回过头来谈谈去年冬天发生的一件事，那是在我失业前几个月发生的。这部分听起来很可疑，你也许不会相信，但它确实发生了，就像我告诉你的那样。我们得到了一份定制的工作，这也是碰巧。那家商店在第三街，但就在黄金海岸的边上。你知道，东区七十号，是奢华区。我的老板在那里做了很长时间生意，他以工作细致、有条不紊而出名，你会惊讶地发现，这些人经常请他去家里帮忙。我们因此看到了这个城市许多最豪华住宅的内部。

"好吧，不管怎么说，这个特别的电话是从东七十街一个奢华的私人住宅打来的。这名男子买了一盏紫外线日光灯，这样他不用去佛罗里达过冬就能保持健康了，只需要在浴室的墙上安一个特殊的插座就可以了。

"他叫格雷夫斯（Graves）。你知道这个人吗？"

她摇了摇头。

"我也不知道，至少到目前为止还不知道。我的老板说他们家经常上社会专栏，是个很有渊源很有名望的家族。并不是说老板自己读过社会专栏，而是他似乎对这些专栏了如指掌。这工作本身很容易，花了我们三天的时间，但那是因为我们每天一次只工作一个小时左右，以免给他们带来太多的不便。

"我们得在浴室的墙上凿一个拳头大小的洞，然后把已经在墙里的电线圈起来，把它拉到外面的房间里，再把它连过来，接上灯。那是座老房子，墙又厚又结实，我从来没见过这么厚的墙。有一次，老板不在，去商店买东西了，我一个人在那儿凿洞，一块木头挡住了我。我不知道那是什么，但我往边上挪了一下避开它。接下来我就没有遇到什么麻烦。

"第二天——我想是的——有人从我工作的地方走进隔壁房

间，那是二楼后面的图书室或书房。他只在那儿呆了一两分钟，然后又出去了。

"我听到我旁边的墙上有轻微的动静。中间的门开着，我仰着头往外看。对面有一面镜子，我可以从镜子里看到他。他站在我工作的这堵墙的另一边，离我稍微远一点。那里的整个墙壁大约在一半高的地方镶了板，他打开一块木板，转动嵌在墙后的保险柜盖上的一个小旋钮。那不是一个很大的保险柜，大概只有一个婴儿大小的样子，就像有时他们放在房间里的保险柜一样。他打开盖子，把一个浅抽屉拉了出来，我看见他拿出了一些钱。然后他又把它推了回去。

"我没有再等着看。我回去工作了，并不感兴趣。我唯一想知道的就是我在墙壁上感觉到的震动是什么。后来我想起了前一天敲到的木头，所以我想那一定是我戳到的保险柜木制衬里的背面或侧面。我没有再想这件事，从那以后我就不再想这件事了。我不要求你相信，如果你不相信，我也不怪你。"

她只是说："你一开始说你和我来自同一个小镇，我也不相信。如果那是真的，这件事为什么不信呢？"

"那我接下来要告诉你的事情就更令人难以置信了。我自己也不知道这是怎么发生的，我只知道它就这么发生了，而我与这件事无关。那个房子进去时，在楼下门边有一张小桌子。有几次，我们在楼上忙着做事，我把工具包放在桌上，并没有想太多。在我们着手开始工作之后，我们发现有些工具是不需要的，不过，我猜这是由于马虎大意，而不是因为别的什么原因。然后，当我们都做完，最后一次回到店里时，我把工具包倒了出来，我发现里面有样东西和我的工具、电线和其他东西混在一起了。要么是有人不小心把它掉了进去，要么是我在把东西放回工具箱的时候，不经意地用手把它从桌子上扫了进来。有个呆头呆脑的像是女仆的人帮我们开了一两次门，她可能是在擦桌子的时候开的门，以为那是我的用品。我所知道的就是我不是故意的，我向你发誓，我只是在回店里后才第一次看到它，我甚至还不知道它是怎么进去的。"

"是什么东西？"她问道。

"是房子的前门钥匙，那是我不小心放进工具箱带走的。或者至少是前门钥匙中的其中一把。"

她只是久久地注视着他。

他又说："我不知道它怎么会在我包里的。我只知道我没有这么做，我看到它才知道它在里面。"然后他的双手垂在身体两侧："我不指望任何人会相信。"

她表示理解："一小时前我是不会相信的。现在我不那么肯定了。继续，说完吧。"

"其余的就不用多说了，你可以猜出来。我本应该把这件事告诉老板，然后把钥匙交给他。我本想这么做，但他已经走了，他已经回家了，让我去关店门。接下来我应该做的是自己直接回到那里，把钥匙还给他们。但天色已晚，我又饿又累，我想要吃点东西，放松一下，毕竟我已经工作一整天了。所以我打算把它留在店里一晚，第二天再把它交给他们，但是我也没那么做。第二天我从早上八点一直忙到晚上才做完最后一件事，我没有机会。在那之后的一天，我已经忘记了。首先你要知道，我已经完全忘了这件事。

"然后工作就结束了，就像我告诉过你的那样，我陷入了困境。我的钱都花光了，而且……嗯，长话短说，昨天我拿出了我的工具箱，翻看了一遍，想看看我能不能从典当行借点什么。我已经典当了我所拥有的一切可以换钱的物件。我把东西倒了出来，清点了一下存货，然后找到了钥匙。我看见它，想起来它是从哪里来的。

"我把钥匙放在口袋里，把自己拾掇了一下，然后拿着它去那户人家。我脑子里想的都是，也许他们可以让我做点事，哪怕只是把一个灯座拧紧。

"我到了那里，按了门铃，没有人来开门。我不停地按门铃，但没人应答。那是在下午的早些时候，我准备离开那里，但我并没有立刻走开，我还在房子外面徘徊，想着下一步该做什么。然后一个送邮件的男孩从附近一栋房中出来，并注意到我站在那抬着头，仍在等人来开门，我还没有张口问他，他就告诉我没人在家，他们一周前都去他们乡下的房子避暑了。我问他，在这种情况下，他们通常会把门用木板封起来,然后再把窗户放下来,为什么他们没有这样做呢?他说,据他了解,有一位家庭成员为了完成一些生意,在这里逗留了几天,也许等他搞定手头的事,去和其他人会合,房子就会适当地封闭起来。我问他是否知道我能见到这个人的最佳时间,对此他和我一样不知道,但他提了一个建议,根据我的常识也明白不需多问:晚上可以试一试。

"所以我回到我的房间,等着晚上的到来,就在我等待的期间,这个想法开始萌生。你知道的,我不需要告诉你那是什么念头。"

"我知道。"她默认。

"我没有注意到这个想法在滋生,这不好。它们就像野草,一旦开始生长就很难被铲除。一切都有助于——给它浇水,你可能会这么说。我身无分文,连晚饭也吃不上了。当你手头只剩一角钱,你不能花,甚至连咖啡和油饼都不能买;第二天,你可能比现在更需要它——你害怕它被花掉。过去的两个多星期里,我一直在躲藏,以免自己被赶出房间,这大概是我所能承受的最长时间了,然而这随时都可能发生。好吧,那念头像臭草一样冒了出来,而我整个下午都坐在床边,把钥匙在眼前抛出再接住。

"七点左右,天刚黑了一会儿,我就出去了,第二次朝那里去。"他冷冷地笑了笑,"现在,没有借口了,你可以不加考虑地听剩下的部分。我走到下面的拐角处,停了一会儿。我在那儿从窗子里看到,楼下开着一盏灯,所以我来得及时——这就是我回来的目的，来见屋里的人。门口有一辆出租车，在等人。就在我盯着看时，灯灭了，过了一会儿，一个男人和一个女人从门口出来，向出租车走去。我有足够的时间在他们上车之前赶上他们。他们慢悠悠的，一点也不着急。我本可以从我所在的地方跑到他们面前，或者向他们大喊以引起他们的注意，那样他们就会站着等上一分钟。

"可是我的脚在那里扎了根，不让我动弹。我静静地站在那里，看着他们走，等着他们离开。我不知道这两个人中哪个是住在这里的，哪个是来找另一个人的。但我看得出他们晚上要出去，他们要出去好几个小时。她穿着一件长裙，他穿着一件无尾礼服，我从我站的地方就能看出来。当人们穿成那样时，他们不会马上回来，在接下来的一个小时左右都不会回来。

"他们上车走了，我也走了。我绕着街区走着，手插在口袋里，摸着钥匙，极力抗拒这个念头。我又从另一边回到那里，转身又绕着街区走了一圈，走的是另一个方向。我很努力地在斗争，但我想我还不够努力。我的肚子空空如也，这种状态下你没法好好斗争。我没有带工具包，但我的口袋里有一些轻便的工具，正好是我所需要的。这一次你不需要发挥你的想象力，它们并不是偶然地和其他东西分开，放进我的口袋，是我自己把它们拿出来放进去的。

"有一次，我甚至试图把钥匙扔进我经过的垃圾桶里，以抑制这种诱惑。但行不通，不到两分钟，我就示弱了，我走回去，又把它拣了出来。过了一会儿，我又急急忙忙地走了回来，在拐弯处又大步流星地向门口走去，不再拖拖拉拉。我输掉了这场比赛。最初，输了让我感觉出奇得好，不要让这些欺骗自己。"

他发出了一阵笑声，丝毫没有笑意。"接下来的事你不需要构思。你自己一想就明白。为了做做样子，我最后按了一次铃。我知道现在里面已经没有人了。然后我走进前厅，拿出钥匙在门上忙活。钥匙一进去门就打开了，他们甚至从来没有换过锁，这群笨蛋。也许他们从来没有丢过钥匙，我不知道。

"我不需要灯光来看路。我径直上楼，就像之前好几次我的老板和我做的那样，进入二楼后面的那个书房。我打开了浴室的灯，因为那里很安全，外面没有透光的窗户。我把随身带来的几样小东西拿出来，从后面打开保险柜。我重新打开了我们在浴室墙上挖的洞，只是这次我把它对准了保险柜的后面，而不是侧面。我把洞挖得比第一次还要大，大到可以撬开嵌住保险柜的一块木板。

"这是我见过的最不可靠的保险柜：只有盖子和框架是钢制的；剩下的部分只是一个木制衬里。当你打开后面板时，它就完全打开了。你可以把手伸进去，把抽屉向后拉进浴室。它很难从前面被打开，但也不应该这么容易从后面被打开。

"里面塞满了文件和其他东西，但除了钱，我什么也没拿。我把钱都拿出来了，把他们所有的珠宝、财物和证券都原封不动地留在里面。然后我又把现金抽屉放了进去，把那里收拾干净。我把落在地板上的石膏和灰泥都清理干净了,把浴帘绕着杆子转了一下,这样它就能盖住我挖的那个大洞了。如果那个男人——我猜是他住在那里——很晚回来时去看,他可能不会注意到任何问题。他要到明天拉上浴帘洗澡时才会知道这件事。

"嗯,事情就是这样。不管怎样,这部分就是这样。我关了灯,又走到楼下的门口,从门后往外看了一两分钟,直到确信周围没有人会发现我。然后我走了出来,随手关上门,迅速地离开了那里。

"但很快地,我就开始为此付出代价,天啊,我付出了怎样的代价。我还没花一分钱,没走一条街,我就已经付出了巨大的代价。以前,我拥有全部街道。这是我所拥有的全部,但至少我拥有它们。那时的我吃不饱饭,一文不名,又没有工作,但我能正视每个人的脸,可以去任何我想去的地方,街道是我的。现在,突然之间,街道从我身边被夺走了,在街上待太久就会变得危险。迎面走来的人若是盯着我看,我就要提防。有人走在我后面,我的肩膀就会抽动,好像总怕有人拍我肩膀。

"但最糟糕的是,现在我有了钱,我不知道我还想做什么。半小时前,我知道自己有一百件渴望已久的东西,我可以用我的右臂去换这些东西。现在我一件都不记得了。

"我以为我已经饿了,事实上一个星期或更久以来我都没有吃过东西了,但现在我发现,就算我走进能找到的最高级的餐厅,也不会再饿了,我点了菜单上所有的东西,就像我一直梦想着有一天要做的那样。当我还在点餐时,听起来每道菜都很棒,但是当开始上菜时,有些不对劲,我似乎咽不下去。每次他们把东西拿过来放在我面前,让我试吃时,不知怎么的,我发现自己在想'你在吃你自己的未来,年复一年',它就会团成一块,卡在我的喉咙里。

"过了一会儿,我再也受不了了,我抽出一张五美元的钞票,把它放在桌子上,然后站起来走了出去,没有等找回的钱。当我出来时,我不禁想起,当我只有一毛钱可以花的时候,当我只有一毛钱真正属于我的时候,我毫不费力地吞下了买给自己的咖啡和油饼。事实上,在它消化很久之后,我的喉咙仍然张得大大的,也没有吞咽更多的东西,只是等着看而已。

"我不知道,我猜人要么天生是诚实的,要么就是不诚实的,不可能突然从一件事转变到另一件事而不经历很多成长的痛苦。我猜有些事得慢慢来,可能要花几年的时间。

"后来,我又像现在这样在街上走着,对我前面的人都保持警惕,听到后面的脚步声就躲闪,这时我听到街对面一排开着的窗户里传来音乐声。有个我不喜欢的家伙跟着我大概走了几个街区,他似乎在我后面走得太稳了,所以趁他没看到,我朝那有音乐的地方跳了进去。这似乎是个可以逗留的好地方,既能避开视线,又能远离街道。我买了整整一车的票,以确保我有足够的票维持一段时间,然后我环顾四周,我看到的第一个女孩……"他皱起眉头,不好意思地看着她,"就是你。"

"是我。"她若有所思地重复道,她的手沿着桌边慢慢地来回移动。

他们陷入了沉默。他刚刚说话的声音一直很稳,相比之下,这沉默的时间对他俩来说似乎比实际的时间还要长,虽然可能只有一两分钟。

最后,她抬头看着他,问道:"你现在打算怎么办?"

"我能做什么呢?等着吧,我猜,等着他们最终追到我吧。他们总是会的。他九点或十点去洗澡时,就会知道的。也许那个送信的孩子还记得昨天下午在那儿看到有人按门铃。然后我以前的老板会告诉他们我是谁,我之前住在哪里。这一切都不会太久。他们会知道我的,他们会抓到我的,明天、后天,或是周末之前。有什么区别吗?他们总是这样,从来没有失败过。人们动手之前从来没有停下来想过,而是事情发生之后才考虑。现在,对我来说就是事情发生之后,我正在考虑这件事。"

他绝望地耸耸肩。"妄想跑出城去,躲到别的地方是没有用的;从来都行不通,这不适合像我这样的新手。如果他们要抓你,他们会在任何地方找到你,不管是这里还是其他地方。他们会搜寻到很远的地方,想躲开是没有用的。所以我想我还是留下来等着吧。"他坐在那里,低头盯着地板,脸上露出困惑而沮丧的微笑。他仿佛在想,这件事究竟是怎么发生的,他想不明白。

那种表情让她有点受不了。有一种无助感,可以说是一种无可奈何的无助感，对她产生了影响。邻家男孩，她觉得心酸。这就是他，这就是他的全部。他不是骗子，也不是舞池高手。他就是那个当你走进或走出自家大门时向你招手的邻家男孩。有时他会把自行车靠在栅栏上，和你聊一会儿天，脸上挂着大大的笑容。他来这里是要做大事的，是要征服这个城市的，但现在这个城市却征服了他。有一天，他在火车边或巴士上跟母亲或妹妹吻别，她敢打赌，在离开他们之后的几分钟里他就会想哭，虽然他并没有表现出来。她知道，因为她也一样。然后，金色的光芒出现了，掩盖了这一切，这是伟大事业的希望，是青年投身战场的光环。也许在第一个小时还没有结束时，他的一切计划就都已经制定好了，他的堡垒已经建立起来；名望、财富、幸福，所有这些都已成形。她完全理解他离开的第一天心里想的是什么，因为她的第一天也是这样。回到家里，有一两个家人特别亲近他，认为他了不起，认为他很优秀。有趣的是，他们是对的，而世界上其他不这么认为的人是错的。回家后，他们可能依着邻居家后院的篱笆读他写给家里的信，吹嘘他干得有多好。因为她的家人也是如此。

现在看着他，看他在这里，在这个房间里和她在一起。她和他一样，也不知道为什么会出问题，为什么会变成这样。她只知道他不应该落得这样的下场：偷偷摸摸，躲藏起来，在大街上东奔西跑，永远不知道什么时候会有一只手落在他的肩上，紧紧地抓住他。邻家男孩，那个咧嘴笑着，对小狗很友好的邻家男孩。

她终于抬起头,不再用手遮着。她把椅子往前挪了挪,仿佛这样做代表越过了一条看不见的分界线,不再区分被动的旁听者和积极的参与者,尽管调整的幅度很小。她紧盯着他看了一会儿,与其说是在揣摩他,不如说是在揣摩她自己将要说些什么。最后她说:"听着,我有个提议。我们回到属于我们的地方,回到我们的家乡,回到我们来的地方,你觉得这个提议怎么样?重新振作起来,再给自己一次机会?我们都坐上六点钟的巴士,我一个人从来做不到。"

他没有回答。她斜靠在桌子上,以便更有力地强调她的观点:"难道你不明白吗?要么就是现在,要么永远都不行。你没看到这个地方对我们做了什么吗?你不知道一年以后,甚至半年以后,我们会是什么样子?那就太迟了,再也没有什么可以拯救的了。只有两个和我们同名的人,他们已经不再是我们了……"

他的目光移到桌子上的那几捆钱上,然后又回到她的身上。"现在对我来说已经太晚了。只是晚了几个小时,只是晚了半个晚上,但那和晚了一辈子一样。"他又说了一遍他以前说过的话,"我希望我昨晚遇见你,而不是今晚。为什么我不能在事情发生之前遇见你呢?但现在已经于事无补了。当我到地方下车时,他们就在等着抓我。那时他们就会知道我是谁,从哪里来,他们在这里找不到我时,就会去那里找。如果我和你一起回去,我只会把你拖进去。家乡的那些人,那些我最不希望知道这件事的人,会亲眼看到……"他摇了摇头,"你走吧。你还有机会,即使我已经没有机会了。你自己去吧,今晚就走。你说得对,这里很糟糕。马上走,别再软弱了。如果你想让我送你,我就和你一起去巴士站,我会目送你离开,确定你离开……"

"我不行,我不是告诉过你吗?我一个人做不到。这个城市对我来说太强大了。我只会在第一站泽西站下车,然后再回来。没有你我做不到,就像你不能没有像我这样的人一样,这需要我们共同的力量。你是我的最后一根稻草,反之亦然。我们见过面,现在我们心里都清楚,我们不要放弃这个机会。这就像你还活着就死了一样……"她的脸皱着,绝望地哀求着,一双眼紧紧地盯着他。

"他们只会在那里等我,我知道我在说什么。他们会在我的脚还没下车之前就把我铐起来……"

"如果什么都没丢,什么都没被拿走,那就不会。那样的话,他们凭什么逮捕你呢?"

"但有东西丢了。就在我们面前。"

"我知道,但现在还有时间来挽回它,这就是我的建议。不要带着这些走,不要把这些带在身上。那之后有什么可以躲避的呢?否则我们会把这个城市的罪恶带回家。"

"你是说你觉得我能?"他的脸上露出害怕的神情,好像他一直以来都希望能这么做,但又害怕让自己去这么做。

"你说他一个人在屋里。你说他盛装出门,要到很晚才回来。你说过你认为他在早上起床之前不会发现的……"她不停地说着,"你还带着钥匙吗?能进那个家的钥匙?"

按她说的,他的手伸向口袋,迅速地从一个口袋转到另一个口袋。希望的步伐正在加快。"我记得我没有扔,除非我把它落在了门上……"他从椅子上站起来,好为自己的动作腾出空间。突然,他喷出一阵急促的呼吸,示意钥匙不等出现就找到了。"我想起来了。"然后他把它拿了出来。"在这儿。它在这儿,这儿。"

他们对它的存在感到片刻的惊奇。

"真有趣,我应该像这样抓住它,不是吗?这就像一种……一种……某种……"

"是的,有趣。"她知道他是什么意思,尽管他们都不需要这个词。

他把钥匙放回口袋。然后轮到她跳了起来。"现在,如果你能在他回家之前回到那里——只是进去,出来,把钱放回原处,你只需要这么做。只要没有东西被拿走,就没有人会因为你在墙上敲了一个洞来找你……"

她急忙把散乱的钱收拾起来,整理成一个方块给他。突然间,两人产生了同样的想法,于是他们停下来,惊愕地面面相觑。"你已经花了多少?你拿了多少钱出来?"

他把手掌贴在前额上放了一会儿。"我不知道。等我看看能不能……我没吃的那顿饭要五美元,然后我在你那儿买了十五美元左右的票,一共二十美元,不可能更多了。"

"等一下,我明白了,"她干脆地说,"我帮你补上。"

她跳起来,跑到床边,把被褥卷到一边,把床拆开。然后,她把床垫沿边缘倾斜,把手伸进床垫下面一个不起眼的缝隙里,抽出了几张残破的钞票,就像相册里那些被压扁的花。

"哦,不,"他开始抗议,"我不想……我不能让你这样做。这是我的忧虑,你为什么要做出改变呢?"

她穿上她最漂亮的舞裙,朝他迎面用手劈了一下。"听着,我要做这件事,我不想听到任何争论。所有这些都要放回去,即使还剩一美元,严格来说也是盗窃,你随时可能被捕。另外,有什么区别吗?你可以把它叫作借款,如果你更乐意这么说。你可以在我们回家后,重新工作之后再还我。我还有足够的钱买两张巴士票。如果你愿意,你可以马上把车票钱还我。"她把钱塞到他手里,"给,你帮我们拿着。现在这是我们的资金,你的和我的。"

他看了她一眼,仿佛是在他们准备离开的忙乱中停顿了一下。"天呐,我不知道该说什么……"

"什么也别说。"她猛地坐回她刚进屋时找出来的那把椅子上。"最重要的是确保我们今晚都能离开这个小镇。等我一下,等我穿好鞋,把几样东西装进包——也没有多少东西可拿……"然后,当她看见他试探地走向门口,疑惑地看着她时,"不,就跟我待在这里，不要在外面等，我怕我会失去你，而你是我今晚回家的唯一机会……"

"你不会失去我的。"他几乎是无声地保证。

她又跳了起来，两脚分别轻轻跺了一下，让鞋合脚。"真有意思，我一点也不觉得累了……"

他看着她把东西慌忙扔进从床底下拖出来的一个破旧手提箱。"要是我到那儿的时候他已经回来了呢？"

"不会。我们必须一直这样说，这样祈祷。这是唯一的办法。你去那里拿钱时没被抓住，你把钱放回去时为什么会被抓住呢？如你所见，他跟那个同行的女孩到某个地方去了。他甚至有可能三点半或四点才回来，直到他送她回到自己的家，不管她住在哪里……"

她走到窗前，把窗户拉起来，探出身子。不是站在窗户中间，而是从侧面，站在旁边的角落里，斜着身体看向外面。"听着，我们还有时间。你仍然可以做到，你仍然有斗争的机会。"

"你往外面看什么？"

她把头缩了进来。"这是整座城里唯一体面的东西。每天晚上，当我认为我无法再坚持一分钟时，看着它都会让我解脱。它从未戏耍过我，从未欺骗过我，我知道今晚它也不会。这是我唯一的朋友，自从我第一次来到这里之后，它就是我唯一的朋友，它不会让我们失望的。这是派拉蒙大厦上的时钟，就在那里，你可以从这里看到它，如果你看对了方向，可以看到两座建筑中间有一大块空隙——走吧，奎因，它说我们仍然还有时间，它从来不会给我引错方向。"

她把手提箱的盖子拉下扣好。他伸手去拿，她递给他。他为她拉着门，等她走到过道上。"东西都拿了吗？确定没有别的什么了吗？"

"把门关上。"她疲惫地说，"我不想再看到我的房间。把钥匙留在里面吧，我再也不需要它了。"

他们先后走下摇摇晃晃的楼梯，他手里拿着她那只饱经风霜的手提箱。箱子并不重，里面几乎什么也没有——只有破灭了的希望。他们脚步轻柔，并不是因为害怕周围的人，而是因为在夜间离开时本能表现出的安静。

在一个地方，他看见她伸出手去，放在一个星形的裂口上，这个裂口露出了墙的有色灰泥，她把手放在那压了一会儿。

"你在做什么？"

"那曾经是我的幸运点，"她低声说，"我每次出去，都会在经过时摸一下。大约一年以前，那时我还在四处试镜。你知道，当运气不好的时候，你就会用这种方式。我已经很久没碰过它了，也从未有过回报，但也许今晚会的。我希望如此，我们今晚需要它。"

在她说话时，他已经往下走了几步。他停了一会儿，犹豫了一下。然后他转过身来，又走上一两级楼梯，像她那样把手放在那个星形裂口上,然后又跟着她下楼去。

他们在临街的门后并排驻足了一会儿,再继续往前走。然后她把手伸向门把手,他几乎在同一时刻把手放在了门把手上,他的手落在她的手上。他们就这样待了一秒钟,他们看着彼此,天真地笑着,没有卖弄风情,就像孩子那样。他说:"天啊,我真高兴今天晚上能遇到你,布里基。"她说:"我也很高兴见到你,奎因。"

他把手拿开,让她开门。毕竟,到刚才为止,这还是她的房子。

外面的街道依然安静又空旷……

02:00

  他们走到外面，步入清晨中沉睡冷寂的街道，飞快地掠过近处街灯微弱的白光，又消失在街道另一边的黑暗中。街灯冷冰冰的，以规范的之字形延伸开去，徒增空虚和孤独。楼上楼下，到处都看不见一盏温暖的灯能表明窗户后有人，或是门内有人居住。

  就像走过一个岩石堆成的巨大坟墓。路上一个人也没有，什么移动的东西也没有，甚至连一只在垃圾桶里嗅气味的猫都没有。这座城市是一个死气沉沉的存在，它的边缘，像个死气沉沉的东西，又冷又湿，让他们有点害怕。他们向前走着，却越来越向彼此靠近。突然间，他注意到她的手正吊着他的胳膊，他保护性地把胳膊缩紧了，让她的诉求紧贴着自己。他们不像先前那样保持距离，各走各的，而是肩并肩挤在一起。他们的脚步声在加剧的寂静中回荡，仿佛街道是连接他们脚下空洞地面的一块长木板。

他举起帽子，作势要告别，但这并不能完全掩盖他内心真正的恐惧。"再见，曼哈顿。"

她带着一种迷信的紧张神情，立刻把他的嘴遮住一会儿。"嘘，别那么大声。不要提前透露我们的信息，不能告诉别人。你知道，那样它一定会阻挠我们的。"

他看着她，露齿一笑，说道："你真的有点当真，是吗？"

"比你想象的还要当真，"她郁郁地说，"而且比你想象的还要正确。"

到了拐角处，他停了下来，立刻放下手提箱。这条大街上有动静，和他们刚走出的那条小街不同，但这条路清冷，像宝石一般，而且比之前的路窄。仿佛那串挂着红白两色珠子的绳子断了，最后几颗还粘连的珠子滚向远方。

"你最好下去，在巴士总站等我。我要一个人——先去办另一件事，然后在那儿和你碰头。"

她的手痉挛般紧抓着他的胳膊，好像怕失去他。"不，不，如果我们分开，我们就都完蛋了。这个城市会让卑鄙潜入我们心里。我会想，'我能相信他吗？'你会想，'我能相信她吗？'在你明白之前……不，不。我们就在一起，每一步都在一起。我和你一起去，你进去时，我在门外等着。"

"但如果他现在已经回家了呢？你只会……他们很可能会因为你是同谋而逮捕你。"

"我们得冒这个险。即使没有我，你也得冒这个险，所以我们一起去冒险。看看附近有没有出租车；我们到那里花的时间越长，就越危险。"

"用你的钱？"

"这个计划改变是我的责任。"她回答。

他们慢慢地向北走，每当有两颗像亮珠的车灯靠近时，他们就停下来，一齐举起手臂，以为能被看到，最后终于找到了一辆。两颗珠子突然转弯，差点冲过马路把他们撞倒，然后灯光放大，车子停了下来，是辆出租车。他们跑过去，不等车停稳，就一个跟着一个爬了进去。

"带我们去东七十街，"他说，"到了我告诉你在哪儿停。开快点，穿过公园的那条路开起来快一些。"

车向着北边开去，然后穿过第五十七街的繁华地带，又到了第七大道的入口，只在必要时停，因为那些红灯感觉异常的频繁，在每个十字路口都能碰到。在那之后，就不必再停车了，尽管道路变得迂回曲折，消耗了一些时间。

他们上车后就没说话，直到有一次停车时，他问她："你为什么坐在角落里，头还往后仰？"

"它在看着我们，它有一千双眼睛。每次开过一条街道，就好像有一双眼睛藏在它后面的某个地方，一双我们看不见的眼睛，盯着我们，一眨一眨。我们没有骗过它，它知道我们正试图逃避它，如果可能的话，它会绊住我们。"

"哇，你很迷信，是不是？"他宽容地评论道。

"当你有了一个敌人，而且你判断明智，这并不会让你迷信，只会让你变得精明。"

过了一会儿，她从车窗边缘往后看。后面是西边的天际线，他们穿过公园，开阔的视角让他们看到了深邃的天际。高楼在明亮天空的映衬下巍然耸立，就像恐怖的黑色仙人掌。

"看，这看起来是不是很残忍？它是不是看似卑鄙而阴险，就像在等着猎物猛扑过去，用爪子抓住什么，不管是谁……"

他轻笑了一下，但只是轻笑了一下。"所有的城市在晚上都是这样的，有点阴暗，有点昏沉，难以捉摸，不太友好……"

"我讨厌这样，"她激动地低声说，"这样不好。它是有生命的，有自己的意志力，没人能告诉我有何不同。"

"这对我没有任何帮助，"他承认，"我想，我和你的感觉差不多。只是我从来没有像你一样想过它是一个人，我更多地把它看作是——境遇、突破。"

在他们前面，一道新的天际线若隐若现，取代了他们身后已经看不见的天际线。市中心由中央公园造成的巨大缺口再次闭合，他们进入了东区。纽约，从第五十九街到第一百一十街，不是一个城市，而是两个；每个人都知道这一点，但很少有人停下来想一想。这是两个相隔甚远的城区，它们之间的距离比圣保罗市与明尼阿波利斯市的距离或密苏里州的堪萨斯市与堪萨斯州的堪萨斯市的距离还要远。

著名的东区，黄金海岸，电影《巴特菲尔德八号》[1]的拍摄地，那层薄薄的饰面板，被维多利亚时代的人们称之为优雅，而现代人则称之为时尚。东区覆盖的范围很窄，纵深不超过三个街区，从第五大道至中央大道，然后从那后面一直延伸到河边，几乎和城里其他地方一样乏味拥挤。

司机驶到第七十二街的位置出来，公园出口不可逆行，就在前面调了个头，然后顺着第五大道又开了两三个街区。到了第六十九街，离目的地还有一个街区，奎因叫司机停车，这样就不用确切说出他们到的地方。"我们就在这下车吧。"他急促地对司机说。

他们下了车，付了钱，把小手提箱拿下来放在两人中间，就像一个地锚，然后就站在那儿等着车开走。司机踩下油门，再次顺着第五大道行驶，朝着有更美生活和更多机会的地方开去。

等车走远，他们就走到下一个拐角，第七十街，拐弯，后面就没再拐。然后，当他们安全到达拐角外小街的阴影里时，他们

---

[1] 另译《青楼艳妓》，1960年上映，影星伊丽莎白·泰勒在片中扮演一位模特。

又暂时停了下来，准备分开。

这是他们一起走以来第一次分开，因为他们有目的。她不喜欢这样，她宁愿一刻都不分别，像这样短暂的分别也不要。但她没有要求他让她和他一起进去，因为她知道他不会听。在这种情况下，这种尝试更像是一种盲目的冒险。这样她就可以充当一种放风的角色。但她不喜欢，尽管如此，她还是不喜欢。

"你可以从这里看到那房子。它在这一边，偶数的一边，就在下面第二个路灯的后面。"他警惕地说着，并四下里看看，确保没有人看到他们。"别再往前走了，以防万一，拿着你的手提箱在这里等着，我马上就回来。不要害怕，放轻松。"

她已经害怕了，但她宁死也不愿让他知道，反正也不是他说的那种害怕。他的意思是：自己不要感觉害怕，现在她经历着之前从未有过的状态。她在为别人担心，在为他担心。

"不要冒任何风险。如果你看到任何灯光，如果他可能已经回来了，不要直接走进去——只要把钱扔进门里就行了，让他明天早上在门口拿，不需要直接放回到保险箱里。而且要小心——他甚至可能在床上，把灯关了，而你并不知道。"

他坚定地拉了一下帽檐，离开了她，沿着寂静的街道走去。她看着他走了，看着他的身形勾勒出的边缘越来越小，缩到一半大小，甚至更小。她一动也不动，就像某种指示犬，只是没法从地上伸出爪子。虽然她站着不动，但她的心跳得极快。

第二个街灯斜照在他身上，正好照着他的一侧，然后他又变暗了。她看见他小心翼翼地向四周张望，她知道他能行。从这看那房子只不过是一块很薄的石头，夹在其他石头中间，中间还有一道台阶。他转过身去，走到门口。两扇晃动的玻璃外门弹开，然后又变平了。

他进去了。

物归原主行动进行中。

他一进去，她就拿起手提箱，开始顺着那条路慢慢地走下去，不顾他让她留在原地的警告，她只想尽可能地靠近他。她一边向前走，一边不停地为他鼓劲。

她的嘴唇无声地翕动着，就像西西里人躲避邪恶的目光一样。"如果它发现了，就会做些什么来干扰，做些什么来把事情搞砸，想办法把他变成一个恶棍，他随时都可能变成恶棍。"

这个"它"一直跟着她，同一个敌人——这座城市。

她低头看了看没拿箱子的那只手的手指，不知不觉中，有两根手指已经僵硬地交叉在一起，紧紧地压着她的腰窝。

她半张着嘴，妖娆地警告"它"，想把它吓跑，就像她吓走舞场里那些过分骚扰她的顾客一样。"放开他，听见了吗？你不要插手，让他过了这关吧。"

它睡意蒙眬地斜睨着她，望着如同隧道般长长的街景，显出烟灰色和深蓝色，还有一片漆黑，这是夜晚调色板上的颜色。

现在她走到房子前面了。她继续往前走,以免停在它前面引起别人注意。入口通道,外玻璃门和内玻璃门之间的门厅,是真正的屏障,在反射的街灯下显得空荡荡的。她一边走,一边故意装出不知情的样子朝里面瞥了一眼。他已经一路走了进去,进了屋子,随手关上了门。

但是假设这个家庭中有一个留下来的人正在楼上睡觉呢?假设奎因没有及时赶上呢?他会切断自己的退路,像这样关上身后的门。假设住在里面的人醒了,发现了他……

她试图甩掉这种可怕的想法。之前当他想要去做一件不诚实的事时,没有出什么差错。这一次,他想要做一件诚实的事,为什么会出差错呢?

然而,他们现在可是身处这座城市。

"现在别烦他,听见了吗?现在别烦他,你明白吗?"

她现在已经走过这栋房子了,从另一个方向偷偷地回头看了一眼。什么事也没有发生,没有喊叫,楼上的窗户也没有突然亮起来,所以他还没有被发现。

她的手指僵硬了,交叉得那么紧,太累了。她就像一个动作缓慢的哨兵,驻扎在这里保护他。她就像个纠察队,把城市挡在外面。她坚强不屈,不怕挑战,除了这只轻便的手提箱在身边晃动,她再无武器。过了一会儿,她开始害怕起来。

她竭力使自己镇静下来,可是当她这样慢吞吞、漫无目的地晃悠时，她的心却在骚动。他花的时间太长了，不是吗？即使没开灯，他爬到二楼再下来，也不应该花这么长的时间。他现在应该出来了，他刚才就应该出来了。

这仍然是破门而入，即使是为了还钱。如果他被发现正在归还这笔钱，他怎么能证明自己是还钱，而不是第一次把钱拿走呢？在恢复原状之前，他必须离开那里，到外面去。也许奎因应该把它寄回去，而不是亲自还回来。他和她都没有想到这一点，她真希望他们是那样做的。

一个人影突然出现在前面的角落里，就在她对面。人影并没有向外移动太远，只是稍微远离了一点，然后就站着不动了。那人背对着她，站在建筑线外，几乎看不见——是巡警在执勤。她拿着手提箱和所有的东西，飞快地跑到附近一个隐蔽的角落里。如果在这样的时刻被人看到她手里拿着一件行李在人行道上闲逛，那就太可疑了。

如果他这样走过来……如果奎因碰巧在巡警还在下面角落里时出来……她的心脏狂跳不止，还不停颤抖，像发疯的钟摆一样绕着完整的圆圈转。

当他打开一个电话亭准备报告时，金属轻轻地叮当作响。他就这样站着，背对着她。即使他说得模糊不清，声音在静夜的空气中也传到了她的耳朵里。她听到了："拉森（Larsen）报告，两点五十五分……"之类的话。电话亭的门砰的一声又关上了。她向后退缩，躲在门廊的隐蔽处，刚好有一面墙挡住她藏身的小四角形空地。她不敢看他现在往哪个方向走，她害怕他会走过来，从她身边走过。她听见他的脚步从她所在的这一边穿过街道入口时发出的微弱摩擦声。然后，脚步声远去，和之前一样轻，随后渐渐消失了。

她无数次地向外张望，而他没有洞察力，沿着大街走过去了。她慢慢地喘了口气，又走上人行道。现在她知道这是怎么回事了，这是奎因留下的，今晚早些时候，他从舞场回她家的路上，一直在回头看——不安全感极具传染性。

她朝另一个方向走去，走近那座神秘莫测的房子，担心地望着它。他在里面出了什么事？是不是出了什么事，才让他待了这么久？他早就该出来了。

她刚走到房子的近端，门厅的门就悄无声息地分开了，他出现在中间。门又落在他身后，但他没有立刻移动。他站在那里俯视着她，好像没有看见她。或者好像他确实见过她，但不认识她。

然后他走到台阶边上，开始往下走。

但他出来的方式有些古怪，走得不够快。不仅太慢，而且还有点笨拙，就是这样。他出来得太慢，太笨了。好像他不知道自己在哪儿一样。不，不是这样的。好像……就是这样……好像他出来还是待在屋里都不重要。

他两次停下不稳的脚步，回头看看刚走过的门口。他累得东倒西歪。

她靠近他时迅速地问了一两句。她走向他时，他已经走到底部了。

她现在站在离他只有几英寸远的地方。即使在黑暗中，她感觉他的脸也显得苍白而紧绷。

"怎么了？出什么事了？你为什么看起来这么害怕？"她嘶哑地低声问道。

他一直呆呆地盯着她，带着一种茫然不解的神情。她无法从他嘴里听到什么。不管是什么，他的心被困住了。她放下手提箱，轻轻摇了摇他的双肩。

"你得告诉我，别那样站在那儿，里面究竟发生了什么？"

她轻微的摇晃让他回过神来。这是一个艰难的时刻，但他还是说了。

"他在里面被杀了。他死了，他躺在那儿……死了。"

她颤抖着吸了一口气："谁，那个……住那儿的人？"

"我想是的。今晚早些时候我看见离开的那个人，就是我跟你说过的那个人。"他把手放在帽檐下的额头上。

有那么一刻，在这两个人中，她更受伤，更沮丧，因为她知道他们的对手是谁，而他却不知道。

她倚在门廊一侧的石头扶手上，憔悴不堪。"是它干的。"她呆滞地说，眼睛看向头顶的一片虚无。"我知道它会的。我知道它不会让我们好过的，它向来如此，它现在抓住我们刚好，比以前更好。它要把我们带到它想要我们去的地方。"

冷漠只持续了片刻。虽然它教会了你很多坏事，但它也会教会你一件好事。它会教你如何斗争。因为它总是想杀了你，所以你要学会为了生存而战斗。

她动了一下，突然转个身，好像要走上台阶。

他伸出手抓住她，紧紧地抓着她，想让她转过身不要走进去。"不，你别进去！离那远点！"他试图把她拉到人行道上，把她从已经踏上的一两级台阶上拽下来。"快点，离开这里！从这房子前面走开！我一开始就不该让你和我一起过来。去那里，拿上你自己的票，爬上巴士，忘记你在今晚曾经遇到过我。"她被动地挣扎，想挣脱他的手。"布里基，你会听我说吗？离开这里，走开，在他们……"

他想把她往前推一两步，让她先走在人行道上。她只是转了个圈，又回到他身边，比以前更近了。"我只想知道一件事，我只想让你告诉我一件事。不是你杀的人，是吧，在你第一次进去时……不是你做的，对吧？"

"不！我只是拿了钱，仅此而已。当时他不在那里，我根本就没看见他，他一定是之后回来的。布里基，你得相信我。"

她在半明半暗的夜色中对他苦笑："没关系，奎因，我知道你没有，我知道。即使不问，我也应该知道。隔壁的男孩，他不会杀任何人。"

"我现在不能回去，"他喃喃地说，"我完了，没救了，他们一定会认为是我干的，它与我所做的事情联系太紧密了。他们只会等我到那里时，在那里等着抓我。如果一定要发生，我宁愿发生在这里，不要在那里，那里的每个人都认识我。现在我要留在这儿，反抗并没有用，顺其自然吧，我会等待的，但是你……"他又想把她推走。"请你走吧。行吗，布里基？求你了。"

这次她动也不动了，他甚至无法挪动她。"你没做，对吗？那就别管我了，别再逼我了，奎因，我和你一起。"

她倔强地站在他身边，但她的反抗不是针对他，她向外望着，向四周望着。"城市，城市，"她带着报复的口气说，"我们会让你看到，我们还没被打败，最后期限仍然有用，天亮之前我们还有时间。没人知道，他们还没发现他，否则这个地方现在就满是警察了。不管是谁干的，至少现在还没有人知道，只有我们，我们还有时间。在这个镇上的某个地方有一个钟，那是我的一个朋友。我知道它现在说的是，即使我们不能从我们所处的位置看到它，我们仍然还有一点时间。不像以前那么多，但还有一些。别放弃，奎因，别放弃。永远都不会太迟，直到最后一小时的最后一分钟的最后一秒。"

她又摇晃他的胳膊，恳求似地摇着。但这次是给他注入一些东西，而不是从他身上拽出一些东西。

"来吧，我们回去看看能不能解决这个问题，我们必须这么做。这是我们唯一的希望。我们想回家，你知道我们很想。我们在为我们的幸福而战，奎因，我们在为我们的生命而战，我们必须在六点钟前打赢这场战斗。"

她几乎听不见他说话，但他已经转向那一段台阶，往上走，往里面走。"来吧，战士，"他轻声说，"来吧，胜利者。"

走上台阶时，她的手臂不自觉地滑过他的手臂，既是为了给他勇气，也是为了向他汲取勇气，这是一个相互支持的举动。踏着出奇庄重而又缓慢的步伐，他们又害怕又勇敢地走进了那死亡之地。

02:24

那天晚上，在那逼仄如灵柩的门厅，他第三次偷偷地用盗来的钥匙插进门锁。钥匙抖动了一下，她的心也随之颤抖，但他的手轻轻抖动是勇敢的表现，这点无须别人跟她说。他开门是为了进房间，而不是要出去；他想要靠近，而不是离开。说自己从不害怕的人是骗子，她为这男人颤抖的手感到欣慰，这代表了诚实，代表了勇敢。

奎因将钥匙插入锁孔，弹簧锁闩反弹了一下，门开了。他俩走进屋。他耸了耸肩膀，布里基也耸了耸肩膀，这时弹簧锁闩轻柔地回到原位。他们身后那扇门关上了。屋里仍能看得到一个灰色椭圆晕影,那是路灯,昏暗迷蒙,似乎随着他们一起照进屋里,但又无法照到那么远。随着他俩一步一步前进,晕影渐渐消散,越来越小,最后只如豆丁一般大。

大厅里——她猜测是某种大厅——弥漫着一股长期密闭的沉闷味道。布里基试图通过嗅觉想象整幢房子的样子。虽说她不是气味专家,但这地方除了闷热之外,还有一种昂贵的皮革和木制品的气息。说不清楚,那只是感官上的印象。没有腐烂发霉的味道,没有做饭的油烟,也没有女士香囊的味道。冷淡,可能还有点严肃,但不低级。

"他在后头,楼上,"奎因低语,"我可不想在楼下开灯,从外头能看见。"

他又一次变换姿势,这次她知道他的手伸进了口袋。"那同样也不能用火柴,"她提醒道,"你带路,我跟着。我一直会抓着你的袖口。等等,让我先找个地方把这东西放下。"

她摸索着走到了墙边,把手提箱挨着踢脚线放好,这样放之后找起来也容易。布里基转向他,像是带着心灵感应,抓住他外套的袖子。他们在这令人眩晕的黑暗中艰难地前进着,这黑暗仿佛也在流动,如此浓厚。

"有楼梯。"没一会儿他低语道。

布里基能感到奎因在往上走。她抬起脚,然后用脚探寻着,脚趾碰到了最近的楼梯。接下来上楼的过程都很顺利,一路无碍。

在隐秘的寂静中,两个人的重量加起来,让楼梯发出一两下嘎吱声。布里基不知道房子里是否还有其他人,是否还有人活着。据他俩所知,可能还真有。通常夜间的谋杀案要到次日才会被人发现。

"转弯。"他小声说。

他把手臂从布里基那儿移开,指向左边。而她没松手,顺从地转动着身体。于是他们走完一段楼梯,踩得到平台了。他俩一同单腿转了半圈,像极了黑暗中跳着古怪沙龙舞的夫妇。

才上到平台,她感觉到奎因的手臂又伸了过来,随即他们转身沿着另一段台阶继续向上摸索。他俩最后踩到了地板,走完了楼梯,上到了二楼。

"转弯。"他吸了口气说道。

奎因再次搂住她,这次是从右边,她也相应调整了方向。他俩现在来到了楼上的门厅。

皮革和木制品的气味变得更加个性化。其中夹杂着幽幽的雪茄味,时隐时现,却又瞬息即逝,还能闻出些许甜甜的味道,不像幽灵的飘荡,却是记忆的留驻,且是一段绵长遥远的记忆。或许只是一粒粉末,在这不知多少立方的无害空气中,抑或是一夜之前、一年之前留下的一抹香水气息?布里基觉得像是某种香水,印象中在何时何地曾闻到过这种味道,不过现在无法辨识。

她感觉自己似乎跨过了一道门槛,不高,不足以绊脚。

空气中的味道有了些微妙的变化,闻着像是有另一个人出现过，此时却四下无人。据说，死亡的味道是闻不出的，至少刚死的闻不出。只是，空气里那种寂静的味道，是有人出现过后的寂静，而非空空一室的味道。

布里基这会儿庆幸不需要再多走了，奎因的手臂也不动了。她站在一边，他把手伸到他们身后，用另一只胳膊做了些什么，于是她感受到了推门产生的轻微气流。她听到了身后粗哑的关门声。

"你要小心眼睛哦，我要开灯了。"奎因提醒道。

她小心地合上双眼。在黑暗中摸索了这么久，电灯闪烁的光让人难以忍受。房间里的尸体变得格外显眼，在灯光的映衬下，尸体周围似乎有了光环。

这个房间本身就是一个混合体，功能混杂，是一种多用途的房间。屋里稍微摆了些书，嵌于墙里的架子上放了两三排，不多，因此这个房间勉强算个资料室。屋里还有一张谢拉顿品牌[1]的书桌，因此这间房间也勉强算个书房。房间里摆放着几把舒适的、皮制的俱乐部式椅子、一个酒柜、几个烟灰缸，因此它只可能是男性的客厅。楼上的起居室，通常属于一个人，而不属于房子。在早期的社会中，它曾名为巢穴。

那不是一种幼稚的男子气概，也不是明目张胆的。这首先是一间屋子，至于其他的见者自知。

墙面被漆成了灰绿色，但用色过于清淡，电灯一照就显得苍

---

[1] Thomas Sheraton (1751—1806)，家具风格简朴雅致。

白。要是有真正白色之物放在边上对比，就比方说拿一张纸放墙边对比，墙面暗淡的色调才能显得出来。房间里的木器是胡桃木色，地毯和椅背是深深的土褐色，两个灯罩与羊皮纸同色。

整个房间是长方形的，正对着他们进来的方向。两边矮矮的墙完好无损，他们背后的那堵墙当然是连着进来的门道；对面那堵连通另外两个门道，一个通向卧室，另一个稍远，通向浴室。奎因从她身边走过，进入卧室。布里基可以看到他模糊的身影，卧室里一片黑暗，他把窗户前厚重遮光的窗帘拉上，防止光线照到房间后方。他们所在的房间没有外部开口，没有窗户。

他没进浴室，显然浴室也没什么可看。

布里基留意着他，以及他的举动，但只能隐约看到，仿佛是在她现有知识之外的事情，仿佛是在她意识边缘的事情。

她以前从没见过死人。这种想法在她头脑的混乱中不断地翻来覆去，就像一个强大的发动机汽缸。她站在那儿向下凝视着，倒不是夹杂着一种狂热而扭曲的兴趣，而是一种沉重而慎思的敬畏。死亡，这就是我们所有人都害怕的东西，她的思绪在涌动着。这是我们所有人都将面对的事情，包括我，包括那里的奎因，尽管他那么年轻，那么敏捷，也包括其他人，但总有那么一天。这就是我拼命跳舞的终点，也是我省吃俭用的终点，所有对困扰我的人发出的咆哮和撕咬，所有我对个人理想的执着，亦然如此。包括所有那些我每日从自动售货机投货口取出的面包卷，我只是在骗自己，它们挡不住这样的结果，是的，就是这样。

她以为自己什么都看过，什么都懂，但这是她没见过的一件事。一天晚上，一个女孩，就在磨坊的地板中央，"开始比津舞"的曲子[1]正跳到一半，她突然瘫倒在地，像中枪似的倒下。后来他们说，她可能吃了什么东西，但没有人确切知道那是什么。布里基唯一知道的是她进来时走了很久，身体笔直，四下走动；而她出去时是躺着的，一动不动，只是偶有抽搐。他们一窝蜂地跑到窗前往下看，不管经理怎么说，怎么训斥他们。大家看到她被送到人行道上，再被推到救护车里，在白色担架上的她看上去很小，很平。第二天晚上她没有来，她再也没有回来过。

即便如此，那还是在人死之前。现在是死后。

她以前从未见过死人。

布里基看着尸体的脸，试图还原他的容貌，试图填充他的形象。这就像在阅读一页已经变得褪色了的、模糊了的、变形了的纸，就像是雨水滴落到了用钢笔写的字迹上。虽然一切都还在那里，但是一切都变得有点模糊。那些曾经能显现面部特征的线条，现在变成了褶皱；那张曾经或强或弱、或苦或甜的嘴，现在成了一个缺口，一个显得脸张开的缺口；那双曾经善良或残忍、聪明或愚蠢的眼睛，现在只是光洁而毫无生气的镶嵌物，像是贴在灰黄

---

[1] Beguine，西印度群岛的马提尼克岛和圣卢西亚岛上的一种土风舞，略似伦巴。

色面团上的云母片。

他的头发保养得不错，还充满着生命力，泛着光泽，因为头发最后才会枯竭，或者说人死去后头发不会枯竭，死后头发还会长出来。即便死亡降临，即便跌倒在地，丝毫不会对头发产生影响。这些年来，只有在梳头时，才会有一两根头发从梳子的缝隙中掉落吧。

他两道标致且深色的眉毛，像极了海豹皮坎肩，没有突兀的浓密感，很齐整，现在凸显出来，显得笔直。死亡倒没让这两道眉毛变得狰狞，也没让它们这般或那般扭曲。

尽管如此，她还是看不出他长什么样。他看上去好像三十五岁左右，但是男人的年龄比女人的年龄更难估计，他可能才三十岁，也可能已经四十岁了。他长得一定很好看，直到一小时前，或者不管什么时候——她从他死灰的面容中能看出来，但那是一个人最不重要的特征。天使和魔鬼都长得好看。

他曾经喜欢生活中那些令人愉悦的娱乐。即使死了，他仍然穿着整洁的晚礼服，浆过的衬衫几乎没有褶皱，扣眼中仍别着胸花。

他的鞋底沾了地板上的蜡，因而显出微微的光泽，可见不久前他就在屋里跳舞，鞋子边缘没有任何标记或痕迹，可见他一直是位优秀的舞者，避开他人，也确保在拥挤的地方别人也能避开他。现在知道这些有什么用？他不能再跳舞了。

奎因又回到了布里基身边。她察觉到他站在身旁，但没有看他，布里基很高兴他来了。他们相互轻轻蹭了蹭对方肩膀,感觉很好。

"我们该不该合上他的眼睛?这双眼似乎在看着你,即便你不看它们,然后当你看了,它们却没在看你。"

"不了,别去碰它们,"奎因低语,"我也不知道该怎么做,你会吗?"

"我想你要不就把眼睑捏着合起来吧。"

可是,他俩没一个人下得去手。

"你能告诉我是什么吗?"她屏住呼吸问道,"是怎么回事?"她慢慢地向下蹲在地板上,仿佛被一股无法抗拒的力量吸引住了。他仍旧站了一会儿,然后和她一起蹲下。

"一定在他身上某处。"

他看见她怯怯地把手放在将外套两侧系在中间的纽扣上方。她的手指伸展着,好像要把纽扣解开,但又不敢离得太近碰触到。

"等一下,让我来吧。"他快速接过话,用手指灵巧地把外套的两片前片解了开来。

"果不其然!"她深吸一口气。

他俩从尸体身上发现一小块红黑色的漩涡状血斑,穿透了白色凸纹马甲,而腋下还有一大块血迹,在心脏上方致命的部位。

"这一定是枪杀,"他说,"没错,这是弹痕。被枪击之后的伤口是圆的,且周围皮肤被灼烧起皱,而刀伤是狭长的。"

奎因解开了马甲的扣子,把马甲敞开。在里面也看到了血迹,但出血量更大。衬衫像吸墨纸一样，血流到整个身体侧面都是，正面也有一两条血渍。他为了不让布里基看到太多，便像架起一幅屏风那样提起马甲的前片，接着又将马甲前片盖回去。

他说道："这颗子弹一定很小，我不是专家，但也看得出来弹孔相当紧密。"

"也许都是这样呢。"

他表示承认："可能吧。我以前从未见过，所以我也不好说。"

她说："那么有件事我们是可以确定的，除了他，眼下这房子里没别人住，不然肯定会有人听到枪声。"

他扫视着房间，说道："他们把枪带走了，地上没有看到枪。"

"你可以再说一遍他们的名字吗？就是住在这座房子里的这户人家？"

"格雷夫斯。"

"他是一家之主吗，家里的父亲？"

"他们家没有父亲，或者说至少去世十到十五年了。母亲还健在，我想是个名媛吧。这户人家有两儿一女，遇害的这位是长子，次子还在外求学，在某处上大学。他们的女儿，可以说是一位名媛新秀，你懂的，报纸上一直有她的消息。"

"要是我们能弄清楚他为什么遇害，要是我们能掌握杀人动机的话……"

"在短短几个小时内？有时连警察都需要几个星期的时间呢。

他们对这些事轻车熟路。"

"让我们先从简单的线索开始吧。他本人并没有朝自己开枪，因为那样枪必然会掉在这个房间的某个地方，而实际上不是。"

"我想这说得过去。"他犹豫地说道，但是他的口气听起来并不太确定。

"抢劫或盗窃是最常见的原因。你第一次看保险柜时里面有东西，是不是第二次回去看时，有什么东西被拿出来了呢？"

"我不知道，"他承认，"我进来时没有开灯，你知道，我是被他绊倒的，膝盖着地然后双手撑在地上。"

她同情地吸了口气。

"这一跤摔得像是心脏被电击一般。于是，我点了根火柴，看了看是什么，然后跟跟跄跄地走到保险柜前——我的意思是在保险柜后面——我只是把钱扔回保险柜，看都没看一眼，就飞快地跑了出来。"

她抬起膝盖，一只脚踩着地，说道："那我们现在来看看。你是否还能记住，是不是有什么东西是一开始出现过，但现在不见了的？"

"我不记得了，"他坦率地说，"要知道即使是第一次，我都非常紧张。但我会尽力，看是否能记得。"

原本蹲着的他们站起来，转身背对尸体，走进浴室。奎因带路，因为他知道电灯开关的位置。

他一按下开关，白色瓷砖反射的灯光令人晕眩。房间那一头壁柜的镜面给人一种不安之感，像是他们从这里进来的同时，有人也从那里进来了。那些受惊的孩子是谁？他们看起来如此害怕、如此绝望、如此无助。

不过，她并没有浪费时间多想。

最引人注目的是他在石膏墙面上凿开的方洞，就在他们进来的右边，外面房间保险柜的后面。令人难以置信的是，房子的内墙，造得这么厚。

他第一次来时把浴帘放下是为了遮住这个洞，想人为覆盖住掩藏起来，所以浴帘朝这个方向倾斜。他已经把这些全都告诉了布里基。可是，他刚才慌慌张张地回来，又把它推在一边，就这样走开了。浴帘缩了回去，大概是凹进去了，松垮下垂，就暴露了墙壁的缺口。

他手脚很利索，但布里基对此并不感到骄傲，而且知道他也没做得太好，从他脸上就看得出来。墙上的洞好像是奎因用尺子勾勒出轮廓一样，线条如此笔直。一条白色石膏填充的铅笔线从洞口周围露出来。洞周围的涂漆墙面几乎没有破裂，破损范围不大，最多也就一两片墙漆快剥落了，仅此而已。奎因一定已经把鞋上原本沾到的填料擦干净了，从浴缸下面看不见的地方用鞋的边缘擦掉了。她也没发问，地板上也看不见什么痕迹，她眼前的这浴缸款式很旧，悬空在地板上方还有脚撑。

在洞口的后面，涂了灰泥的木头隐约可见。他伸出手去，用手指从边缘抓了一下，他以前想必就知道类似这样的步骤，也操作过，现在他把它拿出来放了下来。这里是内层的后侧，保险柜放置在其中的木制外罩或小箱中。

接着，他慢慢地向后拖出钢制的钱箱，直到他差不多需要斜伸着手臂托住这个钱箱。那就是所谓的保险柜的整体部分：一个普通的钢制钱箱，上面甚至没有锁，被嵌在墙体内的木隔板后面。没错，从墙的另一侧，也就是从隔壁房间来看，那儿才是钱箱的正面，应该有一个钢制盖子或铭牌之类的东西可以遮住整个钱箱，两者可以组合起来使用。但是如果从背后取出钱箱的话，就容易很多了。

"里面没多少钱吧？"她问道。

"我猜应该是多年前安装的，那时候的犯罪技术没现在这么高深。人们那时候不会预料到犯罪事件会随他们一起来到家中……"

奎因话说到一半，面色微微一改，布里基能看得出他为方才之事感到羞愧。他自己以前就是个罪犯，至少眼前这个保险柜让他想到过去。他一想起自己以前的行为就感到羞愧，他的本能是抵制的。这完全是好事，邻家男孩做了那样的事，应该有这样的感觉。

他弯着脚把一张三足搪瓷浴凳勾了过来，两人于是把笨重的钱箱放在这凳子上，打开检查里面有些什么。

现金在最上面，正是刚被他放回去的那笔钱。他俩把钱挪到一边，专注地翻阅着一堆堆文件。文件已然泛黄，陈旧得让人难以置信，大部分看起来都超过了他俩的岁数。

"这儿有份遗嘱！你觉得和这事有关系吗？"

"但愿没有……如果真是这样的话，那就不是我们能及时解决的问题了。"

奎因继续翻着钱箱，而布里基时不时快速扫一下文件内容。"这是家里父亲的遗嘱。而他被定为遗嘱执行人……"她抬头望向外屋，"死的不会就叫史蒂芬吧？"她继续读了几行，"我看这没什么作用。家里所有资产都留给了妻子哈丽雅特(Harriet)，她去世之前孩子们一分钱都拿不到。而且，遇害的不是她，是他们的儿子。"布里基把遗嘱重新折好，丢在一边。

"无论如何，这不是我们现在研究的动机。这是抢劫。"

"你不是说保险柜里有些珠宝的吗？在哪儿？我没看见啊！"有那么一会儿她似乎看到了些希望。

"那还是第二个隔层，在第一个后面。盖子可以分片向后折，我等下演示给你看。反正它不是很值钱，我的意思是，从某种意义上说，它有一定价值，但不像钻石或类似的东西那样值钱。"

他打开了第二个隔层。他们拿起了好几个形状各异的老式贴绒盒子，现在外表已然褪成了灰褐色。盒子里装的都是像珍珠链、黄玉项链、老式的紫水晶别针之类的首饰。

"这些珍珠得值几千美元了吧。"

"所有东西都在那儿,原封不动,"奎因告诉她,"我刚看见了所有这些东西,没有被人拿走,还在我……"

他又停了下来,虽然这次他没有脸红,但他还是眼睛低垂沉默了一会儿。

她不太高兴,他俩的希望,这样一来就落空了。"这么说来并非劫案啊,"她理智地说着,"后面可能还会有更困难的事在等着我们……"

他俩匆忙将所有物品归置原位,最后把钱放了回去。这次,奎因的眼神中带着恨意,而布里基察觉到了,只是没怪他。

他们把钱箱关上后,奎因将其抬起并推回到了墙洞里。这回他不需要再借浴帘来掩盖了,布里基也知道他心里是怎么想的。房间里已经有一具死尸一览无余地躺着了,再用浴帘来遮住这不如尸体明显的罪证还有何意义?罪责感上的不同?因此没必要再把这两者分开了,只要有一样被发现,另一个也会连带着被发现。

"好吧,你说得对。"他沮丧地说道。

他俩再次走到房内。奎因在他俩刚走出身后这间浴室之后,就关了灯。

这会儿他俩停下脚步,无奈地对视了一下。这下要怎么办呢?

"想必有别的杀人动机吧?简单点的。"她说道,"也许只是更私人一些,仅此而已。恨与爱……接下来我们得……"

他知道她的意思,坚定地走到尸体边,再次蹲下。

"你还没……是吧?"她问道。

"还没,我被他绊倒之后,就点了根火柴,我爬了回来,摸了摸他的前额,想看看,但仅此而已。"

她抑制住自己的恶心,来到奎因身旁,也蹲了下来,像他一样,和尸体保持着同样距离,说道:"好吧,接下来我们就得来搜身,我来帮你。"

"你不用动手,我来取出就好。我递给你之后你来检查便是。"

他们黯然对笑一下,假装不那么讨厌接下来要做的事儿。

他说道:"那我就从这儿开始,就是西装外套的胸袋这里。"

胸袋里只有一条精致的亚麻手帕,折成扇形,这样上缘的边角便可从袋口上方显露出来。

布里基把手帕展开,说道:"瞧,子弹穿过了这儿。如果手帕是折好的,就只看得到一个小弹孔,靠近底部。如果将手帕展开,就会看到三个弹孔,像是一种设计。就好比你剪纸的时候,想要做成蕾丝图案那样。"不过他们没笑,这会儿打趣就太不合时宜了。

"胸袋里就这一样东西。接下来我们来看外套左侧口袋。尸体压住了外套左侧,整件衣服被卡住了。"奎因不得不稍稍抬起尸体,拽出西装外套,让它宽松点。

当他看完……

"口袋里是空的,什么都没有。"奎因把黑缎口袋的内衬拉了出来,让布里基看反面。

"接下来检查右边吧。"

奎因把右边口袋内衬拉了出来,"还是什么都没有。"他俩接着吹了两个黑色的小气球,放掉一半气,系在尸体的臀部。就像一对小小的充气浮袋。奎因暂时就让尸体这样。

"现在来看外套内侧口袋吧。"

这一次,他的前臂必须沿着死人的胸膛滑进去。他的脸上没有任何表情,反正中间有一层硬硬的衬衫。

"把所有东西取出来!"她呼了口气说道,"不管是什么!"

他俩继续翻查着,布里基同时报出所看到的物品。就这样奎因从口袋里取出东西后递给她,她再放在地上。

他们就像两个大块头孩子,在沙堆里玩桶,或者做泥饼什么的,让人看着怪异。他们蜷缩着身子,弯曲着膝盖。奎因没说话,但布里基从他表情中能看得出,奎因觉得他们没什么机会了——因为时间所剩无多了。

他们身后的书架上有一台钟。他俩都没有要转身去看一下时间的想法,但他们都能听到指针摆动着的声音。它不停地打破寂静,持续滴答、滴答地响,如此不屑,如此无情,如此快速。时间不曾停止,不曾放弃,走啊,走啊,走啊……

"银质烟盒,牌子是蒂凡尼(Tiffany)。这烟盒是某个名字开头为B的人送给他的,上面刻着'B赠予S',里面剩了三支登喜路(Dunhills)烟。"啪的一声,她重新合上烟盒,放在地上。

"玛洛驰（MarkCross）的海豹皮钱包，里面夹了两张五美元纸币、一张一美元，还有两张今晚冬园（Winter Garden）演出的票根——C区112座和114座。也就是剧场里第三排的座位，没错。好吧，看来我们至少可以知道他晚上八点四十至十一点去哪儿了。"

"他三十五年人生中的两个半小时。"奎因怪声怪气地说着。

"我们没必要回顾他整个人生，只需要倒推差不多两小时或两个半小时，就从刚才碰到浴帘的时候算起。他又不是在冬园遇害的，他走出冬园的时候至少还活着。这样一来把夜晚的时间范围缩小了不少，那已经占了很大一部分。"

"口袋里还有别的东西吗？"

"还有些名片，某位斯塔福德（Stafford），某位霍姆斯（Holmes），还有某位英格斯比（Ingoldsby）。我想差不多了……不对，等一下，还有些别的东西，在第二个小隔层里。是张照片，上面有一位穿着骑马装的女孩，还有他自己，两人都骑着马。"

"让我看看。"

奎因扫了一眼，点点头，说道："这女孩儿就是我早些时候看到和他一起离开这幢房子的人。卧室里的一个银质相框里也有她的照片。我上次进房间见着她了，相框上面的签名是芭芭拉（Barbara）。"

"那么不是她下手的。如果是她干的，她就不会出现在死者卧室的银质相框里。从相框本身的线索判断，不会是她犯案的。这是常识。"

"那个口袋里就这些东西了。现在我来翻翻他裤子的四个口袋——两个侧袋,两个后袋。左后,里面没东西;右后,除了备用手帕没别的了;左侧,没东西;右侧,大门钥匙和一把零钱。"

布里基无精打采地数着,仿佛是意识到了这么做毫无意义,"八十四美分。"她说着,便一把放在地上。

"他衣服里里外外的口袋都检查完了,我们还是没什么进展。"

"没错,奎因,检查完了。但你别这么说,毕竟我们不指望能看到有张纸片上写着'致某人:某某杀了我。'你说呢?我们无意中找到了芭芭拉这个名字,也知道了芭芭拉长什么样子,以及她晚上早些时候和死者一同出门。我们还知道他们去了哪里,这样便填补了午夜前后未知的那几小时的空白。我们能从口袋里找出那么多线索已经很不错了!"

滴答,滴答,滴答……

她看着地上,伸出手再搭了一会儿他的手,像是安抚,也像是鼓励。"我知道,"她的声音几乎只有她自己能听到,"奎因,别看他,不要到处看。我们能做到的,奎因。我们可以,我们能做到,要不断跟自己这么说。"

她站了起来。

"我需要把这些都放回去吗?"他问。

"暂时先这么放着,这不打紧。"

奎因也跟着站了起来。

"接下来我们去房间里找找吧。"她说,"去他周围的房间。我们查了他全身,现在搜下房间,看看能找到什么。"他俩以尸体为中心朝两个方向分开。"你从那边开始,我从这边开始。"

"我们要找什么呢?"奎因背对着她,木然地问道。

我不知道,她感觉想哭。天啊,连我自己都不知道!

滴答,滴答,滴答……

她垂下眼睛,不看表盘,即便她从那台钟的正前方经过。像鸵鸟埋头入沙那样就行,布里基对自己这样说着。其实这么做也不容易,钟的位置就在她那一侧,正对着她的脸。那层书架上的书都在两侧,而钟就在正中间。

"《绿光》,"她大声地嘟囔着,脚慢慢地向旁边挪开,"《中国油灯》《个人历史》……"接着她垂下了眼睛。

滴答……一瞬间就过去了,是他们剩下不多时间里的一瞬。

她抬头看着右侧的一本书,"《北方到东方——X 惨案》,看来他不怎么读书啊。"布里基评论道。

"你怎么看出来的?"奎因在房间另一侧好奇地问道。

"只是我的预感而已。要是一个人沉迷于读书,那么这人书架上的书会非常类似,我的意思是大多是同一类型的书。他书不多,这个类型一本,那个类型一本。他可能就读了一本,而且有可能还是差不多半年之前读的,在某晚睡不着的时候。"

她是第一个来到这里并停下来的人。

她思忖了好一会儿，对奎因喊道："奎因！"

"怎么了？"

"我们从衣服口袋里找到了烟盒，一个抽烟的人照理来说会抽雪茄吗？"

"有这个可能，没错，很多人烟和雪茄都抽。怎么了？你在那儿发现了雪茄烟头？"

"好吧，他有可能抽了两支吗？或许是在他自己一个人的时候？这个烟灰缸里有两个雪茄烟头……"

奎因走过来看了。

"我觉得是有人和他一同在这间房里，"她说，"是某个男人。你无法看出这两把椅子中哪一把能和这张茶几相配，无论坐在哪把椅子上都够得到茶几。有个烟头卡在烟灰缸的一个凹槽上，另一个烟头卡在另一边。"

奎因弯下腰凑近了看。"他没抽两支。这两支雪茄是不同的牌子，没人会这么做的。肯定是有人和他一起在这里过，没错。还能推断出一件事——他们起过争执。或者，至少其中一个人因为什么事情被激怒了，哪怕另一个没有。先来看这边的烟头，烟嘴处光滑，有点潮湿，但仍然完整。再看另一边那枚，都咬到了烟嘴，快脱落了。从这个烟头看得出来其中一个抽雪茄的人被某些事情彻底激怒了。"奎因抬头看着她，"目前为止这是最有力的线索了，全部线索中的最佳发现！"

"即便如此，谁是被激怒的那个？谁又是冷静的那个？格雷夫斯还是另一个？我们无从得知。"

"不，那不太重要。这确实告诉了我们这里出现过另一个人，这一点才是关键。眼下仅有的事实就是这两枚不同牌子的雪茄烟头说明了他们的会面不太友好，因为其中一人拒绝了对方递来的雪茄，甚至递雪茄的动作都还没发生，就直接抽起了自己的。他们是同时抽的，但没抽同样的牌子，如果你能懂我的意思。他们之间估计有什么摩擦，或许是争执，甚至可能是争吵。"

她表示同意："这么推测不错，但还不够完美，因为对方是谁我们还无法知道。"

奎因走到其中一把椅子旁的墙边。椅子倒不是被挤得紧贴墙，而是被挤到了离屋子中间较远的一边，一直被挡着，到现在才露出来。

"他们当中有一个人喝了点什么，然后把杯子放在了椅子腿边的地上。"

"另一把椅子边上有吗？"她迅速问道，对于他的恶意理论有些猜疑。

奎因走到另一把椅子旁边，往地上看了看，说道："没有。"

布里基松了口气，说道："那就证明他们不是朋友。我担心了一会儿，这个证据说明，格雷夫斯坐在那边，因为杯子在那边，并且他面朝这里。他是主人，给自己倒了杯酒，但没给客人倒酒。当然也有可能是给来访者倒的，只是客人在生气，拒绝了。"

"没错，这虽然不能完全证明，但也已经足够合理了。他原本也有可能坐在另一边，但这么看来明显不像。要是主人对你不友好就不会请你喝酒了，而且要是不想太客气，必然不会和你一起喝。他一看就没有邀请客人喝酒。那我们姑且先把坐在那边的当作格雷夫斯，先这么着吧。"

"问题不是他坐哪，"她沮丧地低声说，"而是他和谁坐在一起。"

"等一下，来瞧这里！"奎因将手垂直伸进另一把椅子扶手和坐垫之间的缝隙，那是他们认定来客坐的那把。他把东西拿出来时，两人的脸都低了下来。

"是火柴盒啊！"她失望地说着。

"我一开始还以为是别的东西，"他承认，"我隐约看见它露了出来。格雷夫斯有自己的火柴盒，我们刚在那边的时候我就取出来了。这一看就是另一个人的，我猜是那人情绪一激动滑下来卡在这的。"

奎因打开这个小火柴盒，又关上，再嵌回到刚才的缝里。但没一会儿他又拿了出来，重新打开，眉头紧蹙。

"呵！那人一定是激动了。看他为了点一支雪茄用掉了几根火柴！有没有发现他谈话期间一根接一根地划着火柴，不禁就用了一半？要不就是，他说话太快，来不及抽，雪茄隔几分钟就灭了？"

"火柴盒也有可能在开始谈话前就空了一半啊,"布里基试图反驳,"因为点雪茄的时候不一定是满的。"

但奎因显然没留意听这一点。他没有应答,但还端详着这个火柴盒,觉得这比常规事件中发现的东西更值得推敲。

"你过来一下!"他说,眼睛仍旧盯着火柴盒,"你再来看看这意味着什么?我在想你是不是能明白我要做什么。"

"嚼绿箭口香糖的广告吗?"

"别光看火柴盒,来看看里面的火柴!"

她凑过头来,贴近奎因的脸。他们像是托着护身符那样举着火柴盒。"好吧,通常一个火柴盒可以装二十根火柴,而且是两排各十根,一前一后。你把手指挪开一下——这里就剩了五根,前排两根,后排三根。这就意味着,那人光点一支雪茄就划了十五根火柴?你想说明这个?"

"不,你还是没懂我的意思,好吧,瞧!剩下五根都在这两排的同一头,都朝右。"

"哦,确实……"她迟钝地说着,"我一开始就看到了。"

"这样吧,你别急。瞧,这是我口袋里的火柴盒。"奎因把它递给布里基,"抽一根出来划,然后吹掉。别停下来想为什么要这么做,就像你平时划火柴那样。就当你现在要照亮咖啡壶底的咖啡渍,赶紧,这会儿别停。"

她划了一根然后吹灭了,表情茫然却略带一丝妩媚,朝奎因转过头去。

"你看啊,这会儿明白了吗?右撇子的习惯。所有的右撇子,无论男女老少,都会从外侧开始取,就是先从右边,逐根逐根顺着取,一直往左。但他的这个火柴盒里的火柴是反着放的。现在你明白我的意思了吗?今晚坐在这把椅子上面对格雷夫斯的人,是个左撇子!"

她的嘴张开呈椭圆形,像是突然明白了什么,但没说话,就保持那样。

"我不知道他是谁,也不知道他长什么样,以及是不是他行的凶。但我能知道这些和他有关的事情:某些事情惹毛了他,甚至让他愤怒,于是他划了十五根火柴来点雪茄,还咬到了烟嘴。他和格雷夫斯闹僵了,以及他是个左撇子。"

她伸手去够火柴盒,奎因漫不经心地递给了她。过了一会儿,他发现布里基一脸怪异。

"抱歉,奎因。"她的口吻带着一丝奇怪的怜悯。

"你这是什么意思?"

"整件事都弄错了。"

这会儿轮到奎因表情变得奇怪了。

"这是个女人。"

布里基拉住奎因的手,一只握着,再用另一只手平托着火柴盒。"你来闻一下,"她简洁地说,"拿到靠近上唇这里闻,就行。"

奎因很想在照做之前反驳一下。"一个女人把雪茄咬烂了?"奎因在身后使劲地比划着,又说道,"你的意思是坐在那把椅子上的是个女人?"

"我对雪茄或者椅子都不了解,我只是让你把火柴盒拿着仔细闻一下。"

"硫黄或之类的味道啊,所有火柴都是这个味道……"

"让味道散去一些,那两根火柴味道更重,盖过了剩下的三根,你再闻闻。"

他的脸上露出沮丧的表情。"香水,"他无奈地说,"淡淡的香水味。"

"这应该是从一个人的手袋里掉出来的,而且被放在手袋里一整天了。手袋里满是香水味,浓到都可以渗透厚纸板了。手袋在房间里可能被打开过一两次,弥漫到四周空气中。黑暗中,我在外厅闻到了这个味道,就在我们进来时。今晚肯定有个女人到这房间里来过。"

他觉得不服气,虽然不得不服,但他就是不服气。"雪茄怎么解释?抽这两支雪茄的是谁呢?一个人用力,一个不太用力?一个人泰然自若,一个人暴跳如雷?难道你想说同一时间都是他一个人?"

"或许在她到之前有另一个男人来过。也有可能在她之后,或者他们同时进了这间房。"

"不，他们不可能同时进来，"奎因冷不丁地说，"雪茄烟头证明那个男人面对着格雷夫斯坐在椅子上，而火柴是属于一个女人的，但他们不可能同时进到房间里来。"

"如果他神经紧张，而且把自己的火柴全都用完了，就可能问女人要火柴用。那会儿他坐在椅子上和格雷夫斯说着话，而女人或许是在房间里另一处，听着他们的谈话。"

奎因甩甩头不同意："我觉得这样说不通。格雷夫斯坐在他对面抽雪茄，无论女人在哪个方位都没格雷夫斯的位置近。再说这里也没第三张椅子在边上，他更有可能是问格雷夫斯要火柴。"

"那要是他们当时争得面红耳赤，会怎么样？"

"要根火柴不算什么大事儿，不像喝酒或抽烟那样。甚至他可以直接伸手拿，问都不需要问。不管怎样，如果他要借火柴，房间里就会有一个空的火柴盒，那个在他借之前用过的，可是房间里没有其他火柴盒。"奎因在椅背顶端压了压手指关节，说道："他们不是一起来的。"

"好吧，他们不是一起来的，但这么想没用。不管谁先来，后来的那个就一定是凶手！"

"我们时间不够了。"他沮丧地说。

滴答，滴答，滴答……

他们都低头看了看地板，从另一个角度，远远地看。

他们紧挨着那两把椅子站着。整件事都是在这两把椅子旁边发生的。

也许这两人目光向下只是为了回避时钟的滴答声。房间里的地毯是棕色的。突然布里基目光顺势向下,半低头,直接看向膝盖和手掌附近的位置。她试图把手伸到椅子底下——就是奎因找到火柴盒和烂雪茄的那把椅子——然后又伸出来。她挺直身子,手掌向上,用一个手指戳了戳手掌里的东西。

"别告诉我又有新的发现了?"他疑惑地喘着气。

"这样,你自己看吧。"这是她的回答。

这件东西很小,才是十美分硬币的一半大小,棕色,半月形,外边圆,中间断了。上面有两个完整的孔,靠边缘有另外两个破损的孔。那两个完整的孔还扯着一根棕色的线头。

"是粒破纽扣!"他几乎虔诚地喘着气说道。

"马甲上的吗?"

"不,是袖口的。这些扣子是用不到的,在西装袖子外侧。我的意思是,我们也用不到,太小了。"

"肯定有一段时间了,可能是他上次干洗外套时弄裂的,今天晚上终于掉在椅子上了。也许他的手移动得太多,要么是在打手势,要么是在抽雪茄。"

"这样的话,它怎么会掉到椅子下面?"

"我想是从侧面掉下去的。然后,也许他气呼呼地站起来,推动了椅子,纽扣就掉下来,留在椅子下面了。"

"我们怎么知道那不是格雷夫斯的？也有可能是几天前就在不经意间被踢到了这个位置。"

"好吧，我们现在就试着匹配一下，在我们继续之前先解决这个问题。这是我们能做的一件事，谢天谢地！这粒纽扣应该是从一件棕色或棕褐色的西装上掉下来的。我就算不是男人也知道蓝色或灰色西服上是不会有棕色扣子的。他身上穿的是燕尾服，明显这纽扣不配套。"

布里基走进卧室，打开衣橱的门，扯了下灯绳，然后说："窗外没人看到吧？"

"是的，我拉上窗帘了。"奎因睁大眼睛，从她肩膀后面盯着衣橱里看，说道，"你瞧瞧！那么多衣服，一个男人怎么穿得过来？"

他们想到了一块儿，但没说出来——好吧，至少奎因没说。

棕色衣服和相关的配件数量很少，因为某种原因，几乎在任何男装类别中都是这样，无论男装是大是小。"这里有一套暗黄色的，大概能配得上。"布里基连带着衣架把这套衣服取下，把袖口逐个托起来看看，接着迅速地摸了一遍马甲的纽扣，说道："所有纽扣都在。"她把这套衣服挂了回去。"这里还有套棕色的。"她像刚才那样取下衣服检查。

奎因提醒道："别漏了裤子后袋的纽扣，左侧的纽扣通常很容易掉，至少我是这样。"

"也没掉。"她把这套也放了回去。"就这些了。不对，稍等，那还有一件外套,在衣橱里头挂着,看起来非常旧,颜色算是某种棕色吧。"她把那件外套取下检查,再挂回去。"纽扣的样式不对,实心,背面有孔眼,而不是穿孔。这件衣服纽扣也都没掉。"

她拧了下灯绳关掉灯,再把门关上,说:"所以,这粒纽扣不是他的。那就是之前来的那个男人衣服上的。他还把雪茄烟头咬了,对着格雷夫斯发了脾气,但他有可能是——也有可能不是——左撇子。"

他们回到刚才的房间,快步走着。"奎因,我们现在多知道了两条关于那个男人的线索。你发现了吗?他穿着棕色或棕褐色的西装,外套袖口上有一粒或者半粒纽扣掉了下来。天啊!如果我们是职业侦探,你觉得我们该怎么办?我们只有一半的线索。"

"然而我们不是。"他说着,脑海里的画面不太美好,然后用舌尖舔了舔嘴唇。

"今晚我们不得不当一回侦探了。"

"这里可是全世界最大的城市啊!"

"这对我们来说就容易了啊,不会把事情变得复杂。如果这里是个小地方,如果是在村子里,就像我们住的村子那样,犯了事的人知道被发现的风险很高,他们就会非常低调,并且有所防备,我们就没办法发现了。就因为这里是个大城市,让凶手感到安全,或者说是一种错误的安定感,他们就会疏于防范,甚至不会淡出人们视线……"她突然停了下来,看着奎因的脸。"好吧,这是一种看问题的方式，对吗？就是一种思路。"

"啊，没用的，布里基！"奎因轻叹道，"自欺欺人有什么用呢？这就像小孩子们听的童话故事一样，来念一下咒语吧，好让这个童话成真。"

"不要这样！"她压低了嗓音说道，"请不要这样。别让我一个人干两个人的活儿！"她又低下头。

他说："抱歉，我有点害怕。"

"不，你并没害怕，不然我也不会和你在这房间里。"

滴答，滴答，滴答……

"我打算过会儿换个做法看看，你也一起吧。"她说，"我们要这么做，就需要胆量。但在我们开始之前，先来把事情梳理一下。房间里本来有两个人，两个影子，这两个人都是真实的。其中一个人杀了另一个人，我们必须找到那个杀人者，必须知道是谁，否则你就会——"

奎因想说点什么。

"不，奎因，让我说完。我来给我自己梳理一下，也帮你梳理一下。换言之，我们必须离开这里，追踪他们，找出他们去了哪里，然后跟着他们，用某种方式击溃他们，摆脱他们。这就是我们现在要做的，这就是我们面对的任务。从案发到现在的这个时间段里，真相还藏匿于纽约的某个阴暗角落。等到天亮，到六点的时候，有发往家乡的公交车。那将是最后一辆，奎因，你要记住，最后一辆！我可不管班次表怎么说，对我们来说那就是最后一辆，整个世界就剩这一辆。"

"我明白你的意思，时间在流逝，但不会等我们。我们天亮前就得离开这里。"

她点点头说："现在，该做事了。我们一起行动不可能把他俩都找到。"

奎因明白了布里基的意思，但显得非常诧异，他说："我以为你说我们应该一起去找嫌疑犯？这就是你和我一起来的唯一目的，而不是讨论这个问题……"

"现在真的没时间了！我们必须分头行事，不管我们是不是想这么做。听着，接下来是我的计划。我们现在有了两个可能的嫌疑人——这一男一女今晚都进了这个房间，但有先后——其中一人是无辜的，另一人杀了格雷夫斯。现在的问题是什么？我们来不及碰运气了，我们不能同时去追一个人，反而应该分头去找他们两个人。这是我们唯一的机会！我们只能错一次，如果我们两个一同犯错，我们就没戏了，玩完了！但若是我们分头行事，其中一人去追一个，另一人去追另一个，我们成功的可能性就是50%，即便其中一人扑了个空，另一个人也不一定会失败。这就是我们现在的希望，就在眼前了！你去找男的，我去找女的。

"你仔细听着，我们没太多发现，只能尽可能利用已有的线索。你必须找一个穿着棕色或半棕色西装的男人，他袖口上其中一粒纽扣掉了，而且有可能是左撇子，也有可能不是，这就是你现在所有的线索。而我要去找一个女人，她肯定是左撇子，喷着一种浓烈的香水。我现在说不出来是什么味道，但我要是再闻到就知道了。"

"你手里的线索都还没我的多，"奎因反驳道，"你什么线索都没有。"

"我知道，我是女人，这就够了。我不需要太多线索，凭女人的直觉就能事半功倍。"

"但是就算你追到了她，你怎么可能做所有事情？像你这样一个手无寸铁的女孩，什么都没有，赤手空拳想抓住她？你都不知道会面对什么样的情况！"

"我们现在连害怕的时间都没有了。我们既然踏进了这趟浑水，不管对错都要蹚过去。现在这就是我们的办法，我们完成之后回到这里会合——没错，就回到尸体躺着的这幢房子，但不能晚于六点一刻。"布里基走到尸体边，弯下腰捡起了某样东西再回到奎因身边，说，"我就用这把从他口袋里取出的大门钥匙再进来，你就拿着之前那把。"

她深吸一口气，"现在转过身去，我们看一下……"

滴答，滴答，滴答……

"哦，天呐！"她哭丧着脸，"还剩三个小时……"

"布里基！"他嘶哑地说着，心里有点退缩。

然而布里基已经走到昏暗的楼梯口,准备出发。

他跟了出去。

她已经下了一半的楼梯了。

"布里基……"

她温柔地说道:"把灯关了吧。"

奎因回去把灯关了。

他跟着下了楼。

布里基已经走到了大门口。她打开门,在门旁站着,等着奎因。

"你刚才想说什么?"

"就是……"他停顿了一下,继续说,"你真够猎奇的,胆子也大!就想说这个。我们可以的。如果有一颗星星在守望着一个小男孩和一个小女孩,那么附近某个地方一定会有一颗这样的星星——我们会成功的。"

他从布里基身边向外走了一两步,停了一下,又回来了。

"布里基,虽然我并不指望,你能不能亲我一下,像是好运之吻那样?"

他俩嘴唇轻轻触碰了一下,稍稍亲了一下,"像是好运之吻那样。"她低语。

他们就在前门道别,各自在夜色中离去,一前一后走上大街。她带着恳求的口吻小声地对奎因说:"奎因,你要是在我之前回来,要等我,要等我啊!别丢下我!我今晚想回家,我想回家!"

02:56

就这样,奎因告别了布里基,走进夜幕笼罩的街巷,心里想着:根本就没希望找到的,没用的!为什么不承认呢?为什么没意识到这个问题呢?要是此刻就他一个人,他会走到公园里,一屁股坐在长凳上,等着天亮,等着它就这样结束。又或者,赶在天亮前就起来,以避开阳光,抽上一两根烟定定神,再晃荡到最近的警察局,大步走进去。

但她现在卷了进来,他就不能放弃。既然她卷进来了,那他也继续吧。

或者可以这么说,她至少帮了他那么多:她推动他继续前进。

有些人会为了你这么做，有时，就像现在，即使是不由自主地为了你。

奎因有点后悔把布里基卷入此事。这么做不对，不公平！他几乎后悔晚上早些时候去了那个舞厅。但，天呐，要是不上去就意味着不认识她了。他不可能对认识她觉得遗憾，他不可能让自己那么无私。

他对自己说，好，开始吧！

现在我是杀人者。

我刚杀了一个人，我要离开那里。他在我身后躺着，我刚杀了他。我要去哪里？我要做什么？

奎因突然停了下来，捂着前额。我从来没有杀过人，我怎么会知道？问题就在这，我从没杀过人，我怎么会知道我该做什么？他们又会做什么？

他摇着头。不是要否定什么，就是猛烈地摇着，想要清空脑袋似的，把那些没用的想法都清除掉。

重新再想想！从你出发的地方再想想！

我刚杀了人，尸体就躺在那儿。接下来我要做什么？

不一会儿他到了街角。

我应该朝哪个方向转弯呢？

这里有出租车经过，我是不是要拦一辆？公交车站在这里，我是不是要搭公交车？穿过两个街区，在莱克星顿大街上，有通往地铁站的台阶，我要走下去吗？要是过三个街区，在第三大道，就到高架铁路了，我会爬上楼梯吗？或者我只是继续走，避开所有这些，继续用我自己的两只脚，这样最安全、最可靠？再或者，我可能就没走那么远，我的车就停在街边，离我杀人的地方就一两户人家的距离，我可能上了我的车。

六个选择！再加上每个选择都会有两个主要的方向，往市郊或者往市中心，这就总共有十二种可能，正好一打！偌大的迷宫，我在中心位置迷失了方向。即便我选对了，又有什么好处呢？我还是不知道这条路通向哪里，终点又会在哪里。

不要一直这样做，不要一直放弃！你不想让她认为你是那种人，是吗？重新开始，重新想想！快！

我刚杀了一个人，我现在来到了街角，我已经走过了到街角的这段路。这次不要在意我刚做了什么，应该想我的感受如何，试试看这个办法。或许情绪共鸣更能帮你达到目标。

那么，我感受会怎样呢？我想我应该浑身打战，从里到外地颤抖着——除非我很冷血。紧张的情绪压迫着我，当时的怒气已然褪去，或者不管是什么原因导致我杀了他，我现在都会受到折磨。

我浑身打战，就是这样。

等等，那边有家药店，还没打烊。橱窗里有个小标牌，上面写着"通宵营业"。如果现在还开着，当时那会儿肯定也开着。

对哦，要是我浑身打战，而且从头到脚，说不定我会走进药店寻找些可以让我安定下来的药。天呐，那样很危险啊，不是吗，刚在附近杀了人就来这家药店？药剂师肯定会注意到我的状况，他一定记着然后告诉别人我的事。要是我刚杀了人的话，我肯定不会进去。但也有可能我不得不进去，我打战打到无法停下来想这些事情，我还是进去吧。

药剂师会记得，会提到我。没错，就在那儿，我们来瞧瞧他是不是还记得。

奎因走进药店。

店里只有一个人，他在处方药柜台后面，靠后的位置。奎因走上前，站在柜台那里。

奎因站了好久才开口说话，药剂师带着一种不近人情的粗鲁问道："有什么需要吗，年轻人？"

奎因慢慢地说着，脑海里已经温习了每个要说的字，他想按照设想的那样来说出这些话："先生，瞧，假设我进来了，而且我，好吧，带着不安的情绪，浑身打战，看起来很紧张，您会推荐我用什么药？"

"据我所知最好的办法就是半杯水里放一小滴氨酊。"

奎因问了第二个问题："您一般都开这个药？"

药剂师轻笑一声，带着一种刻薄的亲切感，似乎这是他性格使然。他说："你是想在吃药之前确认我开了什么药对吗？确实，我一般开这个药。"

奎因屏住了呼吸。

果不其然！

"实际上，我刚才也开了这个药，就在几小时之前。你是今晚第二个要的。"

奎因轻缓地呼了口气，就这么简单，就这么容易。他没办法相信自己一击即中。等等，他提醒着自己。别紧张！再挖一些线索，别急着下结论。这还不是故事的全部，太好了，不太像是真的，太轻巧，太容易。

"有人跟我一样痛苦，是吗？"

药剂师点点头，就说这么多："好了，你要我给你一些吗？"

"是的，给我吧。"奎因总得找些借口留在药店里继续套药剂师的话。

药剂师走到水池后面，装了小半杯水，接着从一个大瓶中滴了些混浊液体到杯子里，搅拌了几下。他拿走勺子，把杯子递给奎因，说道："试试吧，十美分。"

这药不怎么难闻，但看起来像是肥皂水。他很好奇味道如何。

"别怕，喝掉它。"

奎因倒也不是怕，他其实是想尽可能地拖延时间。

药剂师机灵地打量着奎因，说："你看起来没那么坐立不安啊，反而有点心不在焉的样子。"

奎因稍微用舌头舔舔了药水，又急忙缩回舌头，他欲言又止，把话都憋到脚跟了，最后还是开了口："可能他烦恼的事儿和我不同吧，他看起来很不安，是吗？"

药剂师又以他那种刻薄的方式轻笑一声，但这次似乎想起了什么："他肯定焦躁不安啊，都站不稳。他走到门口，望向街边，又回来了。那男人站都站不稳。"

奎因可算是有了一个大发现！他说："等一下。"他抬头看了看架子上最上面一排的瓶子，想让事情看起来更真实。他接着说："这么听起来像是我认识的人，正好认识。"说完便又喝了口药水，杯子里一滴不剩，他自然地问道："他看起来怎样？"

"忧心忡忡。"药剂师又笑了笑。

奎因随意编造了一个名字，相当于提示："我想那个人是艾迪（Eddie）吧，他长什么样？"

这次奏效了。药剂师被巧妙地带入了谈话的内容，并且接上话："瘦瘦的一个男人，比你高一点。"

奎因迅速点头，就算药剂师说那人是因纽特人，他都照样点头。"比我高一点点，另外……"他本想接着说自己头发的颜色，但比划了一下手势来暗示想要听到和颜色有关的形容词。

药剂师自然给出了答案。药剂师没有意识到自己是在填补空白，他的舌头轻快，觉得自己是在证实，而不是单方面地陈述："浅棕色头发。"

奎因没有抢话，而是接着话说："浅棕色头发。"他完全是在虚伪地点头认可。很快他又追问一句:"他是不是穿了棕色的西装?"

药剂师答:"仔细想想,是的。没错,是的,他穿了棕色的西装。"

"那就是艾迪没错了。"奎因说道。他深吸一口气,现在一切顺利。他的猜想是正确的,这下心里踏实了,奎因对自己说。

"是的,"他重复道,"就是艾迪。"然而奎因的潜台词是:去他妈的艾迪,那是死神。

他不惜一切代价寻找有利的线索,似乎他再也无法从中得到什么了。

突然又有了新线索,就像是从原本拧上的龙头里漏出了一些水滴。

药剂师说:"他看起来像是得了风寒。"

奎因问:"在哆嗦,是吗?"

"不,但他紧紧裹着外套,像这样,他在这里时全程都是这样。"药剂师一手抓住外套两侧示范给奎因看,再裹到脸颊下面。

"他可能是得了流感,"药剂师接着说,"今晚外面不冷,你找不到比这更暖和的……"

奎因想道,要是谁刚犯下凶案,他就会觉得温度是零下十四度。

"随后他做了什么,就出去了?"

"没有,他让我把十美分换成两个五美分,才离开。"他把手伸过柜台,指了指通向后方的巷子,"可能是去打电话吧,我猜。他把氨水带走了。"

"你看见他又出去了吗?"

"没有,事实上并没有。我想那时我正忙着招待别人呢,但他如果出去了,我肯定没注意到。"

奎因把玻璃杯递了回去。他早就喝完了,却没意识到,因为太兴奋了,不过这很值得,哪怕自己喝了氢氰酸都值得,他这么想着。

药剂师远没有跟上奎因的想法,还以为他们一直在漫无目的地闲聊:"我猜你在找他,是吗?你迫不及待要见他吧?"

"没错!"奎因答,"迫不及待!"他转过身去,"我想我要自己去一趟了。"

他拐进那条死巷,离开了药剂师的视线。

小巷沿街有两个电话亭,一边一个。对面电话亭的架子上有几本电话簿,其中一本打开平摊着,其他几本放在物品槽里。

有个空的玻璃杯,压着摊开的那本电话簿,那人应该是离开的时候忘了带走。

为了寻找谋杀犯而翻阅黄页。

奎因刚看到这本电话簿,像是突然看到幽灵,生怕自己把手放在上面它又会消失。

他脑海里闪现了一个大胆的想法,指纹,电话簿上一定有那人的指纹。要不把电话簿包起来送去警局。

然后他又泄气了。不,那样不行,会花太长时间。夜晚会过去,巴士会开走的。再说,该把谁送去警局?警局的人还在搜索自己,或者没多久就要追捕了，更何况这本电话簿没办法证明凶手是谁。这里不是犯罪现场，街角那幢房子才是。这两样东西应该在那幢房子里被找到，而不是在这座电话亭里。

我才找了这么点线索，奎因想，但现在又跟丢了。那人随着烟雾消失在药店的后巷，就只留下了一个飘着氨水味的空玻璃杯。

不过，他打过电话给别人。绕到这边来给别人打了个电话。他给谁打电话呢？他走进这座电话亭，走时却没合上电话簿。啊，要是拨盘上的数字凹槽能说话就好了。奎因坐在电话亭的小门槛上，手撑着额头，思忖着。

你要是杀了人会给谁打电话呢？那取决于你是谁，你是什么样的人。你打电话的时候会说："我完成您交给我的任务了，老板，都办妥了。"这是一种。或者，你会在电话里说："我好难过啊，伙计，我惹事了，我遇到麻烦了，你得帮帮我！"这又是一种。再或者，你打了电话但不像前两种方式这么说，你在电话里说："我把欠你的债还上了，别管我用了什么方式，我们两清了，你放心吧。"这是第三种。可能还有一种，想来更令人恶心，在电话里说："亲爱的，我知道现在夜深了，要不我去你那儿待一会儿，和你喝几杯？我想放松一下。"

不过他应该不是最后那一种。要不他不会走到药店去开些药，以便缓解自己紧张的情绪。

奎因转过头，望向电话亭外，看那边的玻璃杯，它正对着他。

电话簿被翻到的那页是谷黄色的，这是本按颜色分类的电话簿。

他站了起来，迅速走过去，低头凝视。

这一张页眉写着"医院、酒店"。

他透过杯子中心往下看，像是用一种瞄准器。透过杯子的透明底，他看到了：

曼哈顿大街西德纳姆医院……

东七十四街一百一十九号约克医院……

其他医院（兽类），详见"狗与猫"一栏……

医院！他可没想到过这个。那倒像是你杀了人之后会打电话去的地方，要是……奎因想起巷口那药剂师刚才说到的内容："像这样紧紧抓住外套前襟，像是得了风寒。"这么表现不是因为得了什么风寒，是出于别的理由吧！

奎因又重新回到了刚才那座电话亭，划了一根火柴，把电话亭的整扇门检查了一遍。没有任何发现，除了每座电话亭里都会有的一些垃圾碎屑，像是口香糖的包装锡纸、嚼过之后吐出来的口香糖、一两枚烟头……这些都在他挥动火柴的时候随着火柴的光飘出来，又飘走。

他甩灭了火柴，转身，赶忙走进另一座电话亭，他之前都还没进去搜过。他又划了根火柴，把地上都看了一遍，火柴光把地面照出了茶色。

有发现了！一道美丽动人的线索，就在眼前，地板上有四个黑亮的大圆点，紧紧地挨在一起，滴在地上的样子就像是一片四叶草。而在角落里的，正是那人用来止血的一团普通面巾纸，看起来裹了两三层吧，揉紧之后被扔在一边。面巾纸上满是血迹，而且已经凝结了，就只有一边还留了点白色部分。

那人在这里的时候可能重新拿了张面巾纸来止血，可能过程中滴了四滴血在地上。

这就是为什么那人用外套紧紧裹住自己，也正是为什么那个充满玄机的玻璃杯恰巧被放在了分类电话簿的医院信息那页上。这就是他杀人后打的那通电话。他杀了格雷夫斯，但在格雷夫斯也伤了他之后……

看来那人身上的伤口不大，至少他还走得动。但格雷夫斯身上的伤口可不小，而且可能是用的同一把枪。那人可能只是被子弹射穿了皮肉，或者被子弹划伤了。

奎因站了起来，又走回那座电话亭。这次他拿起玻璃杯，放到一边，这个杯子很好地完成了使命，背叛了那人。那人现在肯定在市里的某家医院，接受治疗。医院是要上报枪伤的，他甘愿冒这个风险吗？他肯定愿意，要不他不会在去之前还打电话问了。毫无疑问他向医院胡诌了一些故事，来解释枪伤的原因。当然，那人身上也不一定就是枪伤，没有明确的证据来证明，但格雷夫斯也有可能是用刀刺伤了他，或者用什么东西砸伤了他，虽然那房间里目前还没有明显的打斗痕迹。在这种情况下，他会寻求更安全的地方进行紧急治疗。

究竟是哪种情况？他给哪家医院打电话呢？他又去了哪家医院呢？电话簿上有那么多医院，名字从 A 排到 Y。杯子的位置没有任何意义，他肯定是随意放着的，可能只是为了在选好某个电话号码之后腾出手。

那么，为什么要提前打电话？为什么不直接过去？这点让奎因不得其解。同样，没有确凿的证据表明他打过电话——没错，电话亭里有止血后的弃物，也有可能只是他临时进去替换包扎伤口的敷料，但没有碰电话。他可能就只是从电话簿里找到了想要的地址，然后展开外套替换止血用的面巾纸，接着离开了。

那个杯子呢？他会不会透过杯子底部来对焦电话簿上的地址？但这么做就很幼稚，完全令人摸不着头脑。为什么不考虑周遭就近开着的医院呢？他根本没时间看遍所有的医院信息，他必须走捷径。

奎因就这么选定，把那页从电话簿上整张撕下，折好塞到口袋里，以便随时查看，然后大步走了出去。

药剂师这会儿在柜台后面的配药室休息，听到他走过时抬头看了看。"现在平静一点了吧？"他向奎因喊道。

奎因一时没反应过来，他忘了自己不久前装病进了药店套话。

"平静多了！"他转过头回答。

他像跨栏运动员一般迈着腿跨上医院入口处的台阶。楼下的走廊阴冷昏暗，地板闪闪发亮。奎因走向坐在小凹室里的接待员，那里亮着灯，但只能看得到她的头和肩膀。

"在过去的几个小时里，有个男人来这里看诊吗？"

"是救护车送来的吗？"

"不，自己走过来的。"

"没有，整晚都没有那样的人来过。"

"穿着棕色外套，像这样紧紧裹住自己的男人。"奎因裹起外套演示着。

接待员刚开口说："没有……"

奎因转过身，把口袋里那张从电话簿撕下的一页取了出来。

"哦，等一下……"接待员突然叫住奎因。

他转身又走了回来，因为动作过快差点摔在地上。

"我想我知道你要找谁了。"她朝奎因干笑一声，"他在四楼，还在那儿等候着进去……"接着接待员在奎因身后喊着："出了电梯往右边，从这边去乘电梯。"

奎因来到电梯旁走进去。

他上到四楼，照着接待员说的方向转去，眼前又是一条幽冷的走廊，放眼望去并没有人。他走过几扇门，但还是继续往前走。走到尽头又转了一个弯，这是她没有告诉他的。走到候诊室时视线开阔了很多，至少里面有几张长椅，也不需要再多走了。那人就在那儿。

奎因从远处看见了他，还没等走近就立刻认出了他。他还没就诊。他一定是刚到这儿来的，还在外面这样待着。

那人瑟缩在靠墙的长椅上，闷闷不乐，心绪不宁。他仍紧紧裹住自己被枪击中的部位，或者至少是抽搐般地紧抓着他的外套。他肯定痛得要命。他伸头靠着墙，像是直直地盯着天花板看着。另一只手蒙住了脸，遮住眼睛，或者托着头什么的。

他嘴微张，喘息着。

长椅上可以坐两个人，奎因就坐到了他身边。这会儿四下无声，只听得到奎因在走廊上快速行走后粗重的呼吸声。

身旁那人并没有立刻转头看奎因，可能太痛了，也可能太悲伤了，或者也还有别的理由。他无心顾及谁坐在自己边上，他根本不想知道。

奎因摸出烟盒，取出一根，把烟点了。接着他直接冲着那人侧脸吐了口烟，来吸引那人注意。烟几乎可以进到那人的耳朵里了，这么做从某种角度来说是有些冷酷，他刚这么做时就有这个想法。但是奎因就是想让那人知道他来了，心里念叨着：他会注意到我的，他会转过身来，看我。

那人把手从脸上放了下来，微低下头，转过身看着奎因。

奎因觉得这辈子都没见过这么无望而悲恸的面容，他感到一阵震惊，但不是因为这个原因。在这种时刻，他有一种奇怪的亲切感，他不明白为什么。这人看起来不像是凶手，就像是任何一个会坐在你旁边的人。奎因想，为什么他会看起来这么像我？至少他看起来像是我所认为的自己的模样，无害亦无助，而且还和我年纪相仿。为什么这看起来就像是我自己坐在那儿，转过头来看着对方，自己胸口还中了一枪。

奎因看着地上，发现一张揉成团的面巾纸，和电话亭里看到的一样。

那人先开口了，对奎因说："我能要根烟吗？"

奎因递了根烟给他，冷冰冰地说着："可以，我猜像你这样的人很需要来根烟。"

坐在奎因身边的这个男人回了一个苍白无力的微笑，说："难道不是吗？他肯定想。"

奎因等那人自己点烟，没想到他对准了奎因的那根烟，从已经点燃的那头借火。奎因让他这么做了，心里想：我这可是头一回离一个杀人凶手这么近啊。这时对方呼出的烟熏到了他的脸。

那人又开口了，对奎因说："你是为了和我一样的事情来医院的吗？"

"并不是，"奎因冷酷地说，"也许还恰恰相反。"

奎因等了一会儿，接着说："我想你的雪茄都抽完了吧。"

那人说："是的，抽完了。原本还剩一根，几小时前我抽了……"

他似乎反应了过来，问道："你怎么知道？"

奎因低声说道："我在格雷夫斯家找到了你的最后一根雪茄，还被咬烂了。"

那人瞬间看向奎因，他似乎一下子明白了。

对方没接话，奎因又开口说："那杯氨水让你舒服一点了吗？就是在麦迪逊大街靠近第七十街的药房给你开的那一剂？"

那人脸色开始变得奇怪，喉咙像是在轻微吞咽唾液。"你怎么知道的？"他喘着气说。

"我在那本电话簿上发现了你用的杯子，在药店后面的电话亭外面。"

奎因给那男人的烟掉在了地上，他不想弄掉那根烟，但因为嘴巴一张没夹住，还来不及咬住就已经掉在了地上。

奎因继续看着他，他也看着奎因。

奎因问："痛吗？你捂着的那个伤口？"他把手伸过去，弓起手指，没有碰到伤口。

他接着问："你流了很多血吗？"并一把抓住那人的手，从衣服上拽开，尽量不那么用力，尽量温和一些。

那人衣服敞开了，但里面什么都没穿，白花花一片，从颈部到腰带一点伤痕都没有。

奎因身子一晃，坐在了长凳上。

那人说："我没穿汗衫，我就这么出门的，直接披了外套。"

那人又把衣服裹紧，这会儿看来更像是一个习惯性的动作。

奎因又倾身向前，问道："这么说来他没有打伤你？我以为他打伤你了，既然如此，那些血是从哪里来的？"

"我流了鼻血。每次只要我一兴奋，就流鼻血，整晚就断断续续……"

"这可真是糟透了，"奎因说，"杀人凶手长期流鼻血，那对你来说真是要命啊。"

那人紧紧收着下腭，愣愣地问着："你说什么？"像是没听明白奎因的话。

"你知道你杀了他，对吗？你知道把尸体丢在那里了是吗？你知道的，是不是？"

那人试图从长凳上站起来。奎因把手轻轻放在他的肩膀上，往下压了压。"不，待在这儿，"他装出若无其事的样子说，"别马上起来。待在原地一会儿。"

那人整个下半张脸现在都在哆嗦。

"我在说格雷夫斯，"奎因说，"就是你咬烂雪茄的地方，记得吗？就在第七十街。"

那人颤抖着说道："是第六十九街。他说他的名字叫……我现在记不清了，但不是格雷夫斯，他住的公寓在我楼下，我下楼只是和他一起抽了支雪茄，差不多十来分钟，我自己一个人实在太紧张了——要是有人杀了他，肯定是我离开之后。"

那人脸上露出惊诧的神情，就像缓缓向外扩散的涟漪，流动时结起了冰。他说："我不喜欢你说话的方式，我要远离你。"

"你在这两件事上有一件是错的，"奎因面无表情地说，"你肯定不喜欢我说话的方式，但你不会离开我的。"

这次那人从长椅上站了起来，奎因的手还在他肩上，他试图摆脱，于是奎因跟着一起站了起来，把另一只手搭上去，双手紧紧抓住他的肩膀。

"给我滚出去！"那人歇斯底里地吼着，喘着粗气叫道，"给我滚出去！"

他们推推搡搡，前后摇晃，扭成一团。他们撞到了长凳边缘，长凳碰到地板发出刺耳的声音，还跳了一下。"就是你干的，是不是？"奎因咬牙切齿地说着。

"就是你干的，是不是？格雷夫斯，住在第七十街的那位。如果有必要，我会让你说出来的……"

"我这一晚上经历得还不够多吗？你看你都干了些什么？又开始了！我好不容易才平复下来……"

那人一侧鼻孔淌下了细细的血注，于是他挣脱一边手臂，朝口袋里摸索着，找出另一张被揉过的面巾纸。他用力擦了擦脸，然后取下，看了看。面巾纸上的血迹似乎惹怒了他，他不再被动地屈就于奎因，用力地向奎因挥了一拳，但没打中，他紧接着又重重地出了一拳。

诊室的门突然打开了,一个护士站在门口盯着他们。"瞧啊,你们在这里干什么?"她尖叫着,"快住手!你们俩怎么了?"

他俩勉强安静下来,但还是互相掐着,吃力地喘着气。

护士狠狠地瞪了他们一眼以示责备。"胡闹,我从没见过这样的事。你们俩谁是卡特先生?"

"我是。"被奎因抓着的那个浑身湿透的男人应道。刚才那一侧的鼻血已经流到了脸颊,另一侧鼻血也渐渐淌了下来,形成两道平行线。他的外套一直被奎因拽着便敞开了,那没有穿衣服的瘦肚子像风箱一样上下起伏。

护士不以为然地说:"我有个消息要转告你,你要听吗?"

"什么事?"他怯生生地说。

"你有儿子了!"

她迅速转向奎因:"你最好扶着这位先生,我想他要晕过去了。他们这种满怀期待的父亲给我们带来的麻烦,比母亲和孩子加起来还要多。"

03:00

"女士,去哪儿?"司机把车门打开。

布里基又关上门,留在外面。"不知道你能不能帮我,你整晚都在这一片吗?"

"从十二点开始,断断续续。我每晚十二点来。我不是固定在这里,但这是我的常驻点。我从这里开始,每次都会回到这里。"

"今晚十二点以后,你有没有拉过一个女人,她是独自从这个角落出来的?"

"是的,确实拉了一个。几个小时前,"然后他问,"你想找什么人是吗?"

"是的。"

"好吧,如果你告诉我她长什么样,也许我可以帮你。"

"我不能告诉你她长什么样。"

他耸了耸肩,把双手从方向盘上提起来,然后又放回去。"女士,那我怎么帮你呢?"他不无道理地问道。他等了一会儿,又问:"是什么严重的事吗?你为什么不去找警察呢?"

"不,不严重。这是我的私事。"她想了一会儿,问道,"是这样,他们付钱给你时,你注意到什么了吗?"

他无精打采地笑了笑:"他们付钱给我时,我只注意一件事。多少钱,多给了多少钱。"

"不,我不是那个意思。我的意思是——你还记得你带她去了哪里。"

"我记得我带她去了哪里。"

"你还记得她给你多少钱吗?"

"我还记得她给了我多少钱。"

"但是当她付钱给你时,你还记得吗——听着,我现在是她了,等一下。看着我就像看着她一样。她是这样付钱给你的吗?"她从驾驶室的开口里用右手掏出一笔想象中的钱递给他。"还是这样付钱给你?"她用左手递给他一笔想象中的钱。

"我不明白,"他说,"再做一次。"

她又做了一次。

司机摇摇头说:"我只看到她的手。手上拿着钱。我把钱拿过来,就没看哪只手。我把她要的东西还给了她,然后她把我要的东西还给了我,我还是没看她是哪只手。"

"你不记得她的拇指在哪一边?"

"不记得,"他厌烦地低下头,"我没注意,我为什么要在乎她的拇指在哪一边?我确实注意到她手上戴着一枚戒指,如果这对你有什么好处的话。"

"不,一点好处也没有。那是一枚什么样的戒指?"

"就是普通人常戴的那种结婚戒指,跟其他的没什么区别,彼此相像。"

她把身子靠得更近了一点:"是她给你钱的那只手吗?"

"当然,不然我怎么知道她手上戴着戒指呢?"

"那么她确实用左手给了你钱。"

他表现得极度惊讶:"这就是你一直想知道的吗?我不明白你的意思。"

她打开车门,坐了进去。"带我去你带她去的地方。"

他几乎一直带她行驶在麦迪逊大街上,然后当他到了麦迪逊广场(Madison Square)以后,麦迪逊街也就到了尽头,他往西拐,带着她沿着第二十三街一直开到第七街。然后他又往南拐,把她带下去,直到接近谢里丹广场(Sheridan Square)。突然,他猛地停了下来,在一条小街上,就在第十四街上面。她以为是在等绿灯，然而出人意料的是，当她向前看时，绿灯是亮着的。

他转过身来，"就是这了。"

"这里？可是你的挡泥板已经过了拐角处。它在哪一边，哪栋楼？她没有给你任何号码吗？"

"她没有给我什么号码。她就这样叫我停下来，就像我现在这样。她敲了敲说：'让我从这儿出去。'你看，我为你重新做了一遍，完全正确。她就在你现在站的位置下的车，就在路边的拐弯处，就在那个栅栏那儿。我已经不再像以前那样滴油了。我不能做得比这更好了。"

"可是她往哪边——"

"那以后我就没再看她了。她的钱一离开她的手落到我手里，我就在看钱了。然后我看了看前面的街道，确定它是通畅的，我就走了。"

"等等——别让我这样困在这儿！不要走！"

但他已经这么做了。他的机器从排气管里发出布朗克斯式（Bronx）的欢呼声，布里基独自站在那里，周围有四个角落。

她按顺时针方向环顾它们，看到：

第一个角落，也就是她现在站的前面，有一个雪茄店。门关着，一片漆黑。第二个角落，有一家理发店，也关门了。第三个角落，有一个汽车加油站，拐角处有一条水泥跑道，几缕微弱的、断断续续的光散落在上方。第四个角落，有一间洗衣房，也是一片漆黑。

扫视四周，要让出租车停在她刚才下车的地方，那女人一定去了这四个地方中的某一个。理发店已经打烊了，加油站也不太像，只有雪茄店有可能。那离她下来的地方最近，而且，在经历那件事之后，她需要抽根烟也是在情理之中。但是不管怎么说，身处问题之中，布里基也没有主意。既然加油站是唯一还在营业的，她便去了那里。

她对工作人员说："你一整晚都在这儿吗？"

"是的，我值夜班。"

"你有没有看到一个女孩独自从一辆出租车上下来，就在那个角落，看我指的方向，大概一个小时前？"

他看了看。"是的，"他说，"是的，我看见了，我看见她进了雪茄店。"

"你没有再看到她出来吗？"

"没有，我没看她那么久。"

布里基转过身，顺着那女孩的足迹挪了一小步，就这么近。恰好从路边到雪茄店入口。

她回到那里，站在原来的地方，环顾四周。沿着她站着的那座房子的外沿，大约五六扇门后的人行道上透出一道狭窄的光缝。很显眼，因为这个点不常见。

肯定还有什么店开着门，她向前走去。那女孩可能走的也是这条路。她又开始满怀希望，但这只持续了一会儿。

光线透过灯罩慢慢地放大，投射到她面前。随着窗户可视空间的扩大，一家"熟食店"渐渐出现在她眼前。

杀人之后吃个饭？跟后面的理发店相比，这里更不像一个会驻足的地方。她现在已经走到了熟食店，不管怎样，她还是进去了，因为没有其他选择。她知道这只是在浪费精力。

"我在找人。你有见过一个女孩吗？金发碧眼，大概一个小时前来过这，就一个人。"

"带着押金瓶？"

"没有。"没人会从谋杀现场带回押金瓶。

"我应该知道。"他把手重重地放在柜台上。

他的助手插话道："我想我知道她说的是谁。那是一个十分挑剔的女人。你知道，我要跟她说，'女士，如果您并不想买整条面包，不要用您的指甲在面包上画线，好让我知道您想切多厚。也许在您之后的某个人想买整条面包，也许在您之后的某个人也想买它。'为了十美分的意大利香肠和裸麦粗面包，她就像这样拿起了整条面包。"他拿起一条面包做演示，用指甲在面包柔软的下方轻轻敲打，上面抹着白色粉末，"就像这样。"

"你自己也这样做啊。"他的老板指着说。

"是的，但我在这儿工作。"

老板这会儿依稀记起，"哦，她，你指的是她。是的，是那样的。"

布里基倚靠在柜台上，迫切地看着他们。"你们不能告诉我她的名字,是吗?"

"我不知道。她经常来这里,她就住在旁边什么地方。"他伸出大拇指,随意地指了指背后的墙。更确切地说,是指着架子上的一排番茄酱瓶子。

"噢,"她激动地说,"噢。"她开始往后退。"那我去找她吧。我不知道……我现在就去那儿找她。"

"就在隔壁。"老板重复道。

她走得比进来时还要快。已经有收获了,这次她快了一步。

她绕了一圈,很快一头扎进紧挨着的公寓入口。

在她左边,有六个信箱排成一排。在她右边,也有六个。是哪一个呢?虽说这确实是熟食店老板"隔壁"——他也随意地指着这个方向,而不是另一边——但是,这么多门里,"隔壁"究竟是哪一个呢?她怎样才能知道?她不知道那人的名字,也不知道她长什么样,就连出租车司机现在也走了。她继续向前走,这条小道的尽头似乎是一块意大利蒜味腊肠,夹在两大块裸麦粗面包中间。这也算是寻宝活动最终获得的一笔意外之财。

米勒、卡罗尔、赫尔佐克、瑞安、无名、巴蒂帕利亚。她弯下腰,眼睛离墙二十几厘米远,扫视它们。有些字歪歪扭扭,需要侧身看。有一个跟其他的不太一样,巴蒂帕利亚名字中的"ia"写在信箱槽的外边。那是个金发女人,所以这个名字最不可能是她的[1]。但是也

---

[1] 这是个意大利人的名字,意大利人多为黑发。

不是完全没有可能，可能通婚，可能染发——

她转向另一边，从散光距离扫视那排信箱。纽马克、西姆斯、洛佩斯、基尔希、巴罗、斯特恩。

应该是其中的一个，不可能是所有的，也可能一个都不是。十一次机会中有一次是对的，十次是错的。十一次机会中，也要考虑她可能根本就不住在这栋楼。"隔壁"范围很大，可能指旁边的两栋房子、三栋房子、任何数量的房子，直到第一个交叉路口。

她按响其中任意一个门铃，假设他们会对她怒视或咆哮，可那算什么呢？她也许能从他们那里找到答案。不，她不会想那样做的，那可能会暴露她自己。地板、墙壁都可能有耳朵。唯一有可能接近成功的方法是突袭，没有一丝预警。

她走向里面的门，想看看能不能进去，尽管究竟是哪套公寓现在仍然未知。门把手是黄铜的，擦得很亮。这似乎是一个有人精心照料的大楼，即使租金很低。她只是及时地停住手，没有按压门把手，也没有转动它。

光滑的门把手上有一块很小的污点，不过是白色的。它是那么渺小，那么微弱，那么虚无。如果她的手碰到门把手，无论动作多轻，都一定会把它擦掉。是一块银白色的指纹,就像新月形扇贝的鬼魂，好像有人用刚拿过粉笔的指尖转动了面前的门把手。

她想起熟食店助理说的话："我的裸麦粗面包顾客，她不满意机器切的厚度，用她的手指，就像这样，告诉我她想切多厚。"裸麦粗面包，上面撒满了黏性十足的粉末。

"她进了这扇门，"她自言自语，"她在这间房里的某个地方。"十一次错的机会现在减到了十次。

继续走，傻瓜，去啊，挨家挨户地走，你现在知道了。她摇了摇头，待在原地。要突然袭击，出人意料，否则你将失去一切。

地上有一块小纸片。出现在这个原本十分干净整洁的入口，所以它一定是刚掉的。一块指甲那么长的碎片，就这样。它就在进来时右手边的六个信箱下面，不过是在那一整排下面，一个很大的范围，而不是精确到其中一个下面。它在信箱外围，离信箱太远，不能将它归属于其中任何一个。

她捡起它，仔细地看了看。它太小了，即使用手拿着，只要两根手指就可以藏住它。上面几乎不可能有字，即使机缘巧合，给她意外的好运气，也没有写字的余地，更何况不存在巧合。它就是一块小的空白的碎纸片。

但是任何事物都会告诉你一些事。她用手指揭开纸片，打开，揉平。它原来是折起来的。一条整齐的、机打的缝线将它一分为二。

换句话说，它来自一封信。它是在用手指匆忙打开信时，从信封顶部折叠处撕下来的小碎片。剩下的过程里，信封只是被撕扯成一堆难看的碎片。但是，这小小的一部分，因暴力过程而撕裂了，完全脱落。

那这对她有什么好处呢？在这里被打开，信一定来自那些箱子中的一个。右手边六个中的一个。既然来自其中一个箱子，那么箱子首先要被打开。它们向下张开，像小小的黄铜跳板。在打开信箱时，只有信箱钥匙会被手指碰到。但是，在把信箱合起来时，最自然、最迅速、最灵巧的方法不是用指尖把它们压平吗？

门把手上有一小块白色污点。

她这次离得更近去观察，甚至比她之前观察的距离还要近。她上下打量着每一块周围镶着玻璃的黄铜装饰，而不仅仅是看按钮下面卡片上的名字。她观察时离得太近，呼出的雾气附着到信箱上，然后当她转到另一个信箱时，雾气又消失了。纽马克、西姆斯、洛佩斯、基……她停下来，倒退一步，不只是眼睛，整个身体都动了。

箱子外面有一块模糊的白色斑点，恰好在接缝处。这块污点如此微不足道，如果她没有提前做好准备，她不可能看见它。上面的名字，基尔希。公寓二楼，上去，楼梯的右手边。

六次机会减到一次。这一次不再是机会，而是确定的事实。

小的物件，如果你只是知道如何使用它们的话，它们就始终充斥在你周围。如果你不能及时停下来，去思考它们的利弊以保护自己，小的物件也可能会摧毁你。而且，当你意识到时，已经晚了。

一条裸麦粗面包上用指甲划出的划痕，为了表明它要切成多厚；一封用手随意合上的信封，里面有一张白色的方形纸等着你；一张账单，又或是一则广告，几乎可以断定没什么重要的内容，被人匆忙地撕开，一个人用信还能做什么呢？最后，转动门把手进入一栋大楼。一个人还能用什么办法进入居所呢？小物件，它们累积起来是什么？是灾难。鉴定、对抗和指控，一件东西若离我们几英里远，用肉眼看不到，我们便理所当然认为它是安全的。

她摁了那家楼下另一边的某个门铃，那样二楼的住户就不必从房内大声询问她。里面控制的按钮摁下后，听得门吱嘎好几声，表明门锁已经打开，她推开门走进去。

她走向楼梯，一个男人站在她左手边的内门门缝里好奇地看着她。她匆匆走过，向他露出安慰的微笑："对不起，是个失误。我一定是手滑了。"

他太困了，迷迷糊糊的，思维不太敏锐。他茫然地眨眨眼，再次关上门。她快到楼上了，脚步很快。

从楼梯口一转弯，棺材大小的门若隐若现。不久前，死神刚从这扇门回家。它看起来和这里其他的门都一样，但又不一样，它上面有死神无形的脉搏。她几乎能在自己脸上感觉到那脉搏的跳动，就像震动一样。

她伸出去的脚停了下来，离门还有一个脚趾的距离，另一只脚偏后一点。

她听着。一时什么声音也没有，只能捕捉到一段时间的寂静。突然有盘子被放到桌上的声音，急促的脚步声走远，不久急促的脚步声又回来了，然后是另一个盘子被放下的声音。这次是盘子放到另一个盘子上的声音，或者，更多的可能是，把一个杯子放到茶托上。门后急促的脚步声再次走远。

她不由自主地发抖。死神回家吃了一顿早茶。

急促的脚步声再次走近。一个纸袋子发出"嘎嘎"的噪声,像是从里面拿了什么出来。裸麦粗面包,厚切片。

急促的脚步声再次走远。哎呀,脚步那么匆忙,那么有力,几乎是欢快的。他们不会再等了。死神不知道有一个不速之客将要加入她。

她敲门。

脚步声突然消失。

她再次敲门,急速而迫切。

脚步声仿佛鬼魂般向门口靠近。

"是谁?谁在外面?"

问话的人有一点害怕,从声音能听得出来。不管什么时候,人们都不会以这种令人窒息的方式应门。

"一位要见您的女士。"

"女士?什么女士?"

"您开门的话,会见到的。"她隐去声音中的威胁成分,试图哄骗她打开面前最后一道屏障。

门把手犹疑地转动着,她看到它在转,但是门没有开。"不是你,露丝,对吗?"

"让我跟您谈谈,只需要一分钟。"

相信这一次，你就将被永远毁掉；相信这一次，你就再也不会相信了。

门闩的弹簧收了回去，门被打开了。

她大概二十八岁。好吧，很难说，也可能是二十六岁，一头金发短而卷曲。这是一位天生的金发女郎，尽管可能画了点妆。她茶色的眉毛和几乎全白的睫毛说明了这一点。她的脸看着僵硬，但其实并不是。那不是一种由内而生的冷酷，仅仅是一层保护套，是她披着的一层外壳。外壳之下，在眼睛里，在紧咬住嘴角的缝隙里，还隐藏着一种孩子般的信任，害怕向别人表露太多，毕竟曾被漠视过这么多次。这样的教训不止一次，而是很多次。现在这种孩子般的信任试图掩藏自己，远离这个世界。

她的双颊很薄，每边都有一块凹进去。她涂了太多的胭脂，一层又一层，看起来像发烧了。她穿着一条印有细条纹的廉价棉裙。条纹呈对角分布：一条隐形中心线的一边，条纹朝着一个方向排列，另一边则朝着相反的方向排列。

对于有人突然闯入，她有一点害怕，但是来者希望能够消除这个顾虑。

所有的这些都是眼睛瞬间捕捉到的信息，几分钟后被组合到一起。

"我想见你。"

布里基前脚现在抵着门，门关不起来。那女人没有向下看，所以还没有意识到。

"你是谁?"

"您最好让我进去说,为了您好,也是为了我好。不要让我一直站在这儿。"

她推开女人走进去。她们中的一个关上了门,这个时候,没人知道是谁做的。

这是一个小客厅,在一间配有家具的狭小公寓里。还算整洁,但是方方面面都透着劣质和廉价。一扇窗户将方形的光投射在一臂之遥的灰墙上。短而薄的蔓越莓图案丝绒窗帘垂在窗的两边。客厅立着一张牌桌。食物和她从熟食店买来的东西都摆在上面,等着有人来分享。桌上还有一张报纸,一则浅绿色的小报,卷曲着放在两个盘子中间,等着有人拿起来读。一包香烟,还没拆,也摆在那儿——一定是她刚刚买的——旁边还有一个锃亮的烟灰缸,甚至还有一个火柴夹。三明治上盖了一张餐巾,这样在食用之前就不会沾上灰尘。

前面有一处没有门的入口,里面有光透出来,那一定是通往卧室的。

她看着这一切,但是没关系。死神也会有家庭生活,它不会从一个不知名的地方突然出现。

"你到底在干什么?晚上这个时候我不让陌生人进来,我不喜欢你的行为方式。"

她直言不讳:"你在第七十街和麦迪逊大街的拐角处上了一辆出租车,大约一点。你之前一直在那边给人打电话,对吗?"

女人的脸代她回答了,她的脸色开始变得苍白。

"你打电话的那个男人现在已经死了,对吗?"

女人的眼睛不动了。她的面部一片死寂,看起来并不好看。

"你杀了他,对吗?"

"哦,天呐。"她的声音又轻又低。她的瞳孔被藏在眼睑下,什么也看不见。短短的时间里,只剩下眼白。

桥牌桌的一角支撑她站立着,她用手摸着桌子,眼睛没看。

她开始哭,眼泪在眼眶里积蓄,然后她改变了主意。眼泪还不够掉下来,它们还在眼眶里,给她的眼睛蒙上了一块玻璃状的涂层。

"你是谁,女警察?"

"别管我是谁,我们现在说的是你。你是一个杀手,你今晚杀了人。"

女人将手放到喉咙底部,想缓解一下。喉咙里发出一种更像咳嗽的抽泣声。"让我喝点水。我知道——好的,没有其他办法了。"

"你去里面时,把你的东西拿好。"布里基不留情面地说。

她从亮着光的入口进去。她必须靠着一边墙才能支撑自己走过去。

布里基站在那儿,看着脚。她在倾听,而不是思考。玻璃杯叮当作响。这不是她的耳朵告诉她的,她的敏锐直觉告诉她水流发出刺耳的响声。她快步向前，跟在她后面进去。

"别喝！"布里基用手背拍打她的脸。玻璃杯从张开的嘴上掉落，没摔坏，便宜却厚实。它只是砰的一声掉到地上，滚到一边，后边拖出一条细长的水迹。

当她完成这一系列动作时，她的眼睛才向四周看去，水槽上方的一个架子上，放着一个没有盖子的瓶子。棕色玻璃瓶，标签上写着"来苏尔"（Lysol，一种杀菌剂）。

女人的两只手紧紧地抓住水槽边缘，就好像它一直在晃动，要逃离她似的。

"所以你等于已经告诉我了，是吗？"

女人一声不吭。她的手，放在水槽边，有些微颤抖，仅此而已。

"你可以不说，反正我知道了。"

女人还是一声不吭。

"你现在和我一起回去。回到那儿——事情发生的地方。"

女人突然爆发出一声压抑的低吼："不，你不能逼我。我不知道你是谁，但是你不能逼我。我会先把你杀了，我不要死两次，一次就够了。"

她的手突然伸到水槽边的一个橡胶架上。有什么东西在灯下一闪而过，一把锋利的短餐刀从她的肩膀后扬起，挥向布里基。

没有地方可以逃跑，这地方太窄了。相反地，布里基扑向她。她的手抓住那只挥刀的手腕，试图托住它。她们剩下的两只手臂扭打在一起，手抓着手，最后铆在一起，相持不下，陷入僵局。

女人有绝望和企图自杀的力量，布里基有自保的力量。一个势均力敌的态势形成了，但迟早会被打破。她们轻微地晃动着，小幅度地移动，几乎已经离开了水槽边。她们一度双双弯腰，后来，又朝另一个方向弯腰。她们的头发垂下来，她们没有大喊大叫。这不是一场因无意冒犯而引起的女人打架，这是两个女人之间的一场殊死搏斗。死亡从来不分性别。

她们稍微扭转了一下身子，然后又从另一个方向转回来。寂静中，除了她们刺耳的呼吸声，什么也听不到。她们太过疲惫了，僵持在那一动不动，似是一幅画，布里基体力消耗太多，她避不开刀，而另一个花了太多力气，根本动不了手。

另一个房门外响起钥匙开门的声音。

突然，非常不合时宜地，她们的角色发生了转变。

另一个女人拼命地想把刀扔掉，摆脱它，丢掉它。布里基仍然不明白，用虎口抓住她的手腕，阻止她的动作。手指张开，刀掉到地上。女人突然冲出去，把刀踢进水槽下看不见的地方。没什么可以再争的，她们犹疑地放开对方。

女人跪在布里基身旁，拉扯着她的裙摆，痛苦地祈求。

"不要告诉哈利。哦，天呐，不要告诉哈利，可怜可怜我吧。"

另一个房间的门打开了。

一阵愉快的声音传来："海伦，你回来了？"

"不要说。我不在乎你对我做了什么,但是不要告诉哈利。不管是什么,但不是现在。我很爱他,他是我的全部。你说什么我就做什么——什么都行。"

布里基弯下身,试图把她那纠缠不休的手从裙上拿开。"你会和我一起回去吗?悄悄地回到那儿,就像我想让你做的那样?"

女人点点头,渴望被解救。

他的影子已经来到门口。他一定是先走到一边,品尝了一大口牌桌上的食物。

"好的,"布里基大发善心,"如果你跟我合作,我会跟你合作。"

蜷缩在她脚边的女人只有时间再低声说一件事,"交给我吧,我来说……"

他站在门口。

对于布里基来说,那只是一个男人。只有充满爱的眼睛才能让他变成另一个女人想要的样子,只有这个女人眼里充满了对他的爱慕。所以布里基真的做不到像她一样看待他,他不过是一个男人,一毛钱一打的家伙。

跪在她脚边的女人似乎没有看见他。她说:"这里的褶边太长了,这就是问题所在,整个裙子下垂不均匀。"她停下来,好像刚看到他,"哦,你好,哈利,"她高兴地说,"我都没听见你进来!"

他说:"这是谁?你和谁在一起?"

她站起来,走向他,亲吻他。他从她身后傻傻地探询地看了布里基一眼。

她站到一边,"玛丽,见见我的丈夫。"

"玛丽·科尔曼。"布里基尽职地说。

他们互相颔首,以示客气。他低头看了看自己的外套和裤子,又看了看床,很显然,他累了。三方寂静,短暂的紧张气氛过后,他转身回到里面。"我要进去吃饭了。"他冷淡地说。

她们跟着他进去。"好的,既然你的先生回来了,我想我也该走了。"

"等下,我和你一起去拿。你知道的,那个东西。"

他坐下。把纸巾塞到衬衫两个纽扣的缝隙处,呈扇形展开。"这个点?"他小声咕哝,"凌晨三点穿衣服出门。"

"我五分钟就回来,她就住在拐角处。"

"我要等你吗?"他不满地说,"我累了。"

"你先吃,然后睡觉。我会在你醒来前回来的,你看我都不用带外套。"

"你最好带上外套,"布里基说,"早上这个点还是有点冷的。"

她进去拿外套。布里基和她的脸都有点苍白,布里基不知道他有没有注意到。

他站起来,和她们一起走到门口,嘴里咀嚼着一大口三明治,很贵的三明治。

她再次亲吻他。

"还有,哈利,不要搞错,别把门从里面锁上,那样我用钥匙就开不了了。我不想按门铃叫醒你,万一你已经睡了。"

"不要在外面待太久,我不想你出什么事。"

她第三次亲吻他。

"你已经亲过我了。"他说。

"只要我喜欢,我为什么不能再亲你一次呢?"

"当然可以,如果你喜欢的话。"他同意道。

他领着她们出来时,就已经把手放在领结处,嘴巴大张,打着哈欠。

她们身后的门一关上,她就开始哭,一脸痛苦,但没有发出声音。"我想我们离开前,我一定会崩溃的。他太累了,要不然他肯定会注意到我眼里的情绪。我很爱他。"

"放轻松。"布里基直率地说。

她们下楼,布里基走在前面。她们走到外面,走到黑夜里庄严肃穆的街道上。

在她身后,海伦·基尔希瞥了一眼入口。"我不会再回来了,是吗?"她咬着嘴唇,"我喜欢这里——连同他。这里不大,但这里有他。"

"当你拥有时,为什么不紧紧抓住呢?"布里基冷酷地说,"不要想那些情事与浪漫了。我履行了我的约定,现在轮到你履行约定了。"她想:生活就像一个跷跷板,每次有一个人上去,板子另一边的那个人就会下来。

她们一直走到拐角处。

布里基说道："我们乘出租车吧，那应该是最快的方法。"

她身边的人有些退缩。

"她希望我打不到车，"布里基自言自语道，"任何小事都可能耽误我们。"她看见了一辆车，立刻冲着它尖叫，它开过来了。

布里基拉住同伴的手，诱导她，好像海伦会自己说出目的地，她想听听看是什么。

"你们去哪里？"

"不，最近的拐角就够了。"

"第七十街和麦迪逊大街拐角处。"海伦·基尔希失措地说。

布里基眯了眯眼，点头确认，打开后车门。

出租车向城区驶去，经过城市里一条又一条街道。街灯像过山车似的，从两边的窗户进来出去，再次进来出去。

海伦·基尔希双手握拳，绝望地放在嘴边。"谁还会帮他把衬衫送到洗衣房？他永远不会再记得，是我一直在为他做这件事。"

布里基没有答话。

出租车穿过街道，街灯闪烁。

"没有我，我不知道他星期天一个人该怎么生活。他只有这一天休息，现在这一整天都要他自己做主了。"

布里基看向另一边。"你为什么总是自顾自讲一些别人不愿听的事呢？"她冷冷地说。

红灯亮了，她们停了下来。寂静的等待中，发动机的抖动声就像某个人的心跳。

她们穿过更多的街道，更多闪烁的街灯渗了进来。纽约是一个跨度如此长的城市，尤其是当你驱车纵向穿过这座城市——直到你所有的希望都破灭。

"你们太快了，你们这些警察，"海伦·基尔希说，"我一直听说你们是这样的，但我之前从来不相信，直到现在。"

我们警察，布里基悲哀地想。我们绝对是好警察，要是她知道就好了。

海伦·基尔希又开始哭，"我不敢相信。他不是真的……他不可能……"

"他死了，"布里基无情地说，"他们检查的时候他就死了。他们到的时候他就死了。"

"死"字这个音似乎触动了海伦·基尔希。她突然向前弯下腰，伏在膝盖上，好像这样就可以把痛苦折叠起来——遮住她的脸。这次她的眼泪真的掉下来了，炽热而猛烈。"我不是故意的！"她哽咽道，"我没有！哦，我没有，我告诉你！"

"房间里，只有你和他吗？"

黑暗中，她看见她的头不情愿地点了下。

"你手上有枪吗？"

头点得更慢了,但是又点了一次。

"你朝他开枪了吗?"

"它走火了——"

"它们总是这样。有趣的是它们总是这样,像你这样的女孩们,总是按自己的意愿射出子弹,并且还有一个很好的目标。那么枪走火后,他倒下了吗?回答我。"

"是的。"她一想起这事就不寒而栗,"他倒下了,还把我拉了下去。我一时间慌了神,我挣脱开他,起身跑了。"

"但是他没有。他倒下后就躺那儿了?他躺在那儿一动不动,还是起身追你了?"

"他——他没有起来追我。"

"你朝他开了一枪,他倒下躺在那儿。你所有的狡辩都改变不了这个事实,小妹妹,你手上现在有一桩谋杀案。"

海伦·基尔希大声尖叫,就像一头被困的猪,或者说是一只被无意踩到尾巴的小狗。她把脸朝后埋进出租车角落的缝隙里,几乎像是要从那里挤出去,把它撞开。她的手拍打着坐垫,以示争辩。

"我不是故意的!哦,天呐,听我说!我不是故意的!我不想去那个聚会的。是我工作地方的另一个女孩,她劝我去的!我真的不想去的,我之前从来没有背着哈利做过那样的事。然后当我到那儿时,看到只有我们四个,两男两女。我不喜欢那样,我不想待在那儿。后来,另一对溜走了,我还没意识到,他们就已经走了，只剩下我和他。"

布里基想让女孩振作起来，这是唯一可行的方法。她直率地说："你究竟在害怕什么？你可能永远都不用对此紧张，你的防守很完美。那种情况下，他们总是听女人的话。这个时候，除了你，没有其他人。"

她的头没有抬起来，反而更低了，如果有什么区别的话，就是完全低下去了。

"不是那样的……不是那样的……之后我还怎么跟哈利一起生活？他不会要我的。"

"他会原谅你的，你参加了一个你认为无害的聚会。"

"他们永远不会，他们永远不会……对这样的事。"

突然，布里基彻底明白了。

"哦，"她压着声音说，"你朝他开枪了。"

"我之后朝他开枪了。"

出租车放慢速度，停了下来。

布里基从座位上给了司机钱，然后她们下车。布里基抓住她的手腕，说："站在这儿，等会儿，等出租车走。"

她们站在那儿一动不动，出租车开走，留下一缕蓝色尾气，漂浮在夜晚的空气中。它拖曳着她们的裙摆，掀起一角，然后留下她们独自站在马路边。

"你现在要对我做什么？"海伦·基尔希畏缩着，一副可怜无助的样子。

"带我去你扔枪的地方,那是我首先想知道的,你来带路。"

她的人质沿着那条街向东走去,布里基就像一个笔直的影子,紧紧地跟着她。

布里基想:"她特地先到这条路上把枪扔了,然后又沿着同一条街折回大街上,上了那里的出租车,那样做很奇怪。"但她没有说什么,继续和她一起走。

他们穿过宏伟的公园大道,大道中间是楔形的安全坡道,四周一片死寂,二十几个街区以外的窗户里几乎看不见一盏灯。这条街上大多数房子的卧室都在后面,是世界上最受赞誉的大道。

她们继续走了,来到列克星敦街(Lexington),这里的街道更狭窄,更显人性,最起码更有生气。她们朝着第三街继续走。她们穿过那里,从埃尔家的铁窗框下,向第二街走去。

最后,布里基说:"是什么把你带到这么远的地方?"

"我走错路了,一开始我不知道我在哪儿。我刚开始出来时,就像晕了一样。"

是的,布里基想,刚杀了人之后,任何人都会这样。

过了一会儿,基尔希又说:"就在这些大楼间的某条巷子里,那里有一排垃圾桶,等着被倒掉。第一个垃圾桶上面有一个盖子,我把它抬起来,把枪丢进去,也许它们已经被清空了。"

"黎明前他们不会来的。"布里基说。

"我想是那条巷子,就是它,在那儿,看见了吗?一排大概有六个垃圾桶。"

"和我待在一起,"布里基警告说,"我找的时候,跟在我旁边。"

女孩只是说:"我会遵守约定。你也遵守了我的约定。"

她们转过身,巷子的角落把她们隐没在黑暗中,你能听到的只有她们的轻声低语。垃圾桶的盖子被移开,发出微弱的碰撞声。

"找到了?"

一阵责备似的停顿。布里基含糊地问:"你告诉我的是在这上面吗?"

"有人发现了!有人拿走了它!"

"你确定是这地方对吗?"

"就在这个巷子里,不是其他的。从这儿转过去面向大街,我记得看到的就是这个样子。那边窗户的底板上布满了细小的白色裂纹,而且它是这儿的第一个垃圾桶,里面堆满了木炭壳。"

布里基没有说话。

"我发誓我说的都是实话。我带你走了这么远到这儿,为什么现在要违反约定呢?"

"那样的话,你应该也希望这是实情。没关系,不要一直把手伸到垃圾桶下面去翻。如果是在这儿的话,它应该在上面。一定是某个夜间出来的拾荒者跟在你身后不远处,随后发现了它。也许有人看到你偷偷摸摸地溜进来,又出去。"

很快,她们又出现在人行道上没那么昏暗的地方。

"好的,现在我们去那儿吧。"布里基平静地说。

女孩突然停下来,祈求地看着她。"我一定要去吗?"

"你得去那里。那才是我把你从你家带出来的目的。那是要紧事,才不是翻找这见鬼的枪。"

她们开始往回走,再次穿过第三街。突然,女孩又停了下来,浑身发抖,即使在黑暗中,布里基也能感觉到。

"振作起来,"她开始说,"你怎么突然不走……"

女孩一句话也没说,转过身去,走进那个她们刚才在对面停下时发臭的入口。顷刻间,布里基以为她是想摆脱自己逃跑。她伸出手,想拉女孩回来,但很快又放了下去,抑制住快到嘴边的惊叫。一种奇怪的、令人不寒而栗的恐惧片刻席卷全身。

她跟着女孩进去,"你在做什么,耍我吗?"布里基的声音颤抖着。

昏暗的灯光下,有一条过道,谁知道这条道会通向哪里呢?她看见女孩盯着她的样子像是没有听懂她的话,不知道她问那个是什么意思。

她放弃了这个问题。女孩走上过道末端的楼梯,她紧跟其后。现在,她也说不清她们两人中谁更害怕了,她的恐惧是一种病态的惊慌。

楼梯上到一半,女孩又停下来,"我不能……为什么我一定要去呢?"

布里基用手一指,朝她们前面做了个手势。"继续走,随便你去哪儿。"她简要地说。

她们的影子爬上旁边昏暗的墙壁。

她们现在站到了一扇门前。

哈利·基尔希的妻子看着门,门周围是四个直角,似乎不可逾越。

"开门。"布里基厌恶地盯着这处目的地。

女孩伸出手碰了碰把手,生怕会刺痛自己。女孩快速地转动,然后收回手。门现在斜开着。

"你先。"布里基说。

那个女孩在她前面进去,脸上一副听天由命的表情。布里基想到她之前在她公寓说过的话。是的,这就像是死了两次。但她不是一个人死,布里基的某个地方也跟着她一起死去——之前在外面的街上时就已经死了。

一盏灯亮着,首先是一个狭窄得像监狱的门厅。她们走过去,经过一个没关门的房间,里面一片漆黑,涂有白漆的木头在里面闪着微弱的光,这里最有可能是厨房。她们又经过一间房,门也开着,里面也是一片漆黑。然后门厅的前面正对着一个有光亮的房间,她们走进去,停了下来。

这是个很普通的地方,一定是被租来开派对用的,就在今晚,就是个用来约会的地方。实际上,家具都是租来的。它看起来不像一直有人居住,或将要有人居住的样子。

这间房里现在没有人。但之前这里有人,很多,很吵,引起过很大的骚乱。玻璃杯被随意地丢在四周,一开始只有四个杯子,但在周围许多潮湿的地方,却又增加了四倍、六倍,那儿的玻璃杯被反复拿起又放下。一张破碎的唱片放在其中一张椅子上。布里基捡起中间的一块碎片,看了看标签:《装枪的妈妈》(Pistol-Packin' Mamma)。面对这充满恶意的东西,她瑟缩了一下,丢到一边。

基尔希停下来,指着前面一个没有门的房间,然后僵在那里不动。她再也不走向前。布里基只好独自往前走。

她停在门口,站定,朝里看。不需要再往前走了,没有必要了。

里面有一扇窗户,但窗帘盖在上面,牢牢地垂下来,将窗户整个遮住。这里还有两个玻璃杯,一个还是满的,好像是刚给某人加满,但是面对突然出现的紧急危机,他快速地把杯子放下,没有再碰。

他躺在靠里边远一点的地方,四肢伸开躺在地上。没有生气,一动不动。

布里基走近他,弯下腰。然后突然把头缩回去,避开他,用手在她面前扇了好几下。她起身,在他周围踱步,好像带着一种无聊的好奇心。

然后她回到门口，朝外看。

海伦·基尔希站在那儿，一动不动，她的双手遮住脸，摆出极度痛苦的姿势。布里基只是盯着她看。

一片寂静。

那个女孩感受到她的注视，慢慢地放下手，迟疑地迎上了她的目光。

仍然一片寂静。

然后，慢慢地，她在布里基脸上发现了什么。"你为什么要那样看着我？你为什么要一直那样看着我？"

"过来。我想让你看些东西。"

海伦·基尔希畏缩了，摇摇头。

布里基不顾她反对，把她拉过来，让她往第二个房间看。

远处有东西咕哝着，刚才还像木头一样的人这会儿动了。就在这时，她们看着他挣扎着站起来，那动作明显是一个昏迷了许久的醉汉。

"他没死，"布里基说，"只是醉死过去了。即使他死了，也不是该死的那个人。那边墙上有个洞，子弹打进去了。"

海伦·基尔希压抑的尖叫声让迷迷糊糊的他注意到了她们。他布满水雾的眼睛盯着她，他似乎依稀还记得她。

他咕哝着："你朋友吗？我们再喝一杯，你和我，还有她。"

她俩站着一动不动，盯着他，直到他站起来，像一只用后腿站立的熊。然后画面动了。

布里基简要地说道："我们离开这儿，在一切重新开始之前。"

海伦·希尔基会一整晚站在这。她看起来就像是有什么东西使她麻木了，夺走了她所有的行动能力。布里基不得不用力推动她，把她推到自己前面。她推着前面的人，穿过中间的房间，走过门厅，来到通往外面的楼梯。

她们身后，某个重物又掉到地上，再次一动不动地躺着。

布里基猛地关上她们身后的门，多一层保险。

她们一路跑下楼梯，胳膊挽着胳膊，一个如释重负地抽泣着，另一个如受重挫沮丧不已。

她们一直跑到空旷的地方，成功之后，又走了几步到人行道上，才松懈下来。然后布里基突然停下来，转向她。

"你爱市中心的那个男人是吗，他叫什么，乔治还是哈利？"

海伦·基尔希摇摇头，说不出话，眼里再次闪烁着恐惧的泪光。

"那你还等什么，傻了吗？"她拦下一辆路过的出租车。"回到那儿，快回到那儿！"出租车转了个方向，停下。

布里基关上分隔她们的车门。脸色苍白，海伦·基尔希沉默地望了布里基一会儿。布里基竖起大拇指示意司机开车。

"你现在得到了幸福的结局，不要贪图侥幸。和你的哈利在一起，你属于他……闭上你的嘴，照顾好你自己，这次之后，手不要再碰扳机了。"

03:25

奎因此刻突然发现了转机。

他刚从医院返回，垂头丧气，双手捂着口袋，帽檐低得能遮住眼睛。他正在四处找酒吧，酒吧容易被发现，即使是在两三个街区之外。它们像地图上的彩色图钉一样突出，因为在这个时候，它们是唯一还开着灯的地方。他沿着一条弯弯曲曲的路往回走，把自己限制在一个从北到南大约六个街区宽的区域内，从医院一直延伸到他家。在每个交叉路口，他都会朝一个方向转三个街区，在这条街上找酒吧，然后再朝另一个方向转三个街区，越过最初的起点。然后再回来，再向西走一个街区，到下一个交叉路口，在那儿再走一遍。这些酒吧都在大街上,而不是在连接大街的小巷里。

有的酒吧他进去了,在屋里待会儿,眼睛看看。有的他只是在门口伸个头,然后转身又出去了。他自己没有喝酒,那样做是鲁莽的:太耗时间,对敏锐的直觉来说也是具有毁灭性的。

他之所以这样做,是因为有一些特定的东西需要寻找,像是特定的指示符号、象形文字之类的东西,这些东西能使搜寻速度更快,如同找到捷径。

他告诉自己:如果这么久以后,谁要待在这些地方当中的某一处,那么他会独自一人,离开群体。一个人杀了人后走进酒吧,不是为了寻找社交伙伴。经过这样的事情,一个人进入酒吧,只是为了安抚神经。因此,他要寻找的是一个与他人分开,沉默寡言的人,并且在姿势和态度上都与其他客人不同。

这是个捷径。是第一步,也是最重要的一步。

他发现了这个地方,很快地搜索了一下,先是从外面观察,根本没有进去。它小得不值一看,不会有遗漏任何有关细节的危险。这是一家商店,一块孤立的地方,只有一般店面的一半宽。它的酒吧,不在一边,而是很规整地把这家店从中间一分为二,在外面留给顾客的通道并不比里面留给酒保的通道宽。此外,它也没有那种通常放在小隔间或隔墙里的桌子,从外面他所在的地方很难看到。他可以从前窗,以一种逐渐减弱的视角,从中间用笔直的目光看向吧台。这就是他所看到的：

一共有八个人付了钱饮酒。他们分成三个小组，每个小组都是独立的，不去注意其他的小组，但是他必须仔细观察，才能知道谁跟谁在哪分开。身体上的距离与此无关，他们都以一条不间断的直线在他面前伸展。而肩膀的转动告诉他一些信息。每一组的界限都以一个肩膀歪向另一组的肩膀为标志，那些肩膀就像是圆括号。换言之，每一组中的最后一个人都不是笔直向前，而是向内转向自己的人。分组就这样形成了：先是三个人，然后是一个转身的肩膀，接着是三个人，接着是另一个转身的肩膀，最后是两个人，面对面站着。

那里没有单独的人，没有独自喝酒的人。他正要走开，突然又看了一眼，有什么东西吸引了他的目光，把他牢牢地拽在那里。他的眼睛刚才顺着吧台看，不由自主地把酒杯的数目和人数对照了一下，发现有哪里不对劲。

有九个玻璃杯，却只有八个人。酒杯比喝酒的人多出一个。

为了弄清楚，他又数了一遍。要把人按组划分出来容易，但要把玻璃杯分清楚可没么容易，因为玻璃杯中间不断有手伸进去又伸出来，妨碍了他的视线。

结果还是九个玻璃杯，他还检查了是不是有追饮的杯子，也就是哪个人可能喝了两杯。但没有这回事，那里的每个人碰巧此刻都在喝着啤酒。

多出来的那个杯子也并非丢弃物。它没放在其他人面前，而是独自立在另一头，前面该站人的地方空空如也。

这就是他一直在寻找的东西：那个离群、孤独、疏远的象征。只是那不是人，而是一个没有生命的玻璃杯。

第一个象形文字出现了。

他走了进去。

他避开了所有其他的人，从另一端走过去，就是酒杯所在的地方，也就是那意味深长的空白之处。在最后一个饮酒者和墙之间，有一段很长的距离。他移到那里，不是直接站在酒杯前面，而是非常靠近它。

他看了看，得到了两点收获。虽然只是一个啤酒杯，但只要他一看，就有收获。

酒杯有把手，这类容器总是这样，形状是八角形的，又厚又大，底部有巨大的凹陷，这给供应商们带来了利润，而且还有把手。所有其他酒杯的把手都在一条直线上，朝着同一个方向，远离门，向内朝向商店的后面。而只有这酒杯的把手是相反的，朝向外面的街道。

第二个象形文字出现了。

他为自己买了一杯啤酒，把酒保拉到身边来，为了使提问更加顺畅。追踪突然又到了紧要关头，卡在了一个地方，虽然时间短暂，但偏偏就像是折磨人、嗡嗡叫、不停盘旋的牛虻一样。

他问酒保："这酒杯是谁的？"

酒保说："是刚才回到那里的家伙。"

所以那人还在那个地方。里面还留着酒，酒杯放在那里不受干扰，这一点已经告诉了他。

他没有多少时间了，他直接切入下一个问题，由不得提供信息的人是否喜欢，"他穿着什么颜色的衣服？"

"棕色。"酒保含蓄地说。酒保看了他一眼，虽然不喜欢这样，但他还是说了，"他穿着棕色的衣服。"

第三个象形文字出现了。

在同一时间，同一地点，用一个大啤酒杯，在人群中独自饮酒，左撇子，穿着棕色西装。

他问了第三个问题："他在这里多久了，你注意到了吗？"

显然，他的十美分快花完了，他过了一会才得到答案。但他终于得到了，虽然来得慢，但就像任何事情到最后一样总会得到答案。

"大概两三个小时吧。"

时间能对上。

第四个象形文字出现了。

"他一直都在干这事吗？"

这次事与愿违，他必须再买杯黑麦啤酒才能得到更多的答案。

"年轻人，你来这做什么，人口普查？"酒保咆哮着，而他向旁边人走去，那里问得更少也能收获更多。

他不必再问了，反正也不可能。在他身后看不见的地方，门被打开了，酒杯的主人回来了。

奎因没有回头，他面前有一块与吧台相配的镜板。"我要把他弄进去。"他自言自语，眼睛盯着前面。

镜中他的影像旁边，有一小会儿是空白的。然后就填补上了，出现印迹。一张脸从他身后靠近，即从他自己脸的下方渐渐在镜中显现，当那张脸和他的脸贴近时，就停住了。

一顶残破的帽子低低地盖在脸上，但还没有低到可以全部遮住。那是一张大约四十五岁男子的脸，但突然间好像老了二十岁——也许就在这一夜之间——以迎接自己的晚年。只有头发的颜色、脖子的线条，诸如此类的特征，显示主人还年轻，也应该还年轻。这张脸因过度劳累而显得憔悴、苍白，灯光从帽檐下渗进来，照在帽子上，发出银光。

他有点不对劲。奎因一眼就能看出来，任何人可能都看出来了。

他没有靠在吧台边站直。他蜷缩着，像是护着墙壁，几乎把整个右脸都贴在了墙上，仿佛把墙挡住了，不让人看见似的。这不是醉酒时那种毫无生气的依靠，而是寻求保护时那种鬼鬼祟祟、遮遮掩掩的依靠。这是一种非常微妙的表达，却隐含在他身体的每一处。即使他像现在这样举起手来喝酒，他也是转过身去，朝着墙。转动的幅度很小，只是一种观感，而不是实际的身体测量，但他把脸转开了一点，像是在有意躲藏。

我找到他了，奎因自言自语道。这次事情有点糟糕，但懦弱的父亲不配有孩子。

那人又喝了一杯，然后像刚才那样蜷缩着，缩成一团。只有左手总是伸出来，从未见右手。右手是他的身体和墙之间的秘密。

难道是拿着枪？奎因暗忖。

他在啤酒里看到了什么？也许是一个死人的鬼魂？就是为什么他不能把他那瞪着鬼魂的眼睛从它身上移开？

我来试试他的反应，奎因决定。我已经知道了，但我要让它露出第五个象形文字。

他拿着酒杯慢慢走过去，假装摆弄着放在那里的自动售烟机。这样，酒吧里的这几个人就能够全都排在他的前面，排成一条直线。他摇摇晃晃地把酒杯放在机器顶上，然后又悄悄地把它轻轻推向空中。

杯子掉在地板上发出震耳的撞击声。不恐怖，只是有点吓人。八只脑袋转过来，漫不经心地扫视了一下四周，然后又转过身去，继续各自饮酒。

只有第九个人，他的背夹起来，肩胛骨缩成了老虎钳的样子。他的头猛地低了下来，似乎是为了避免脖子后面会挨一击。他没有回头看，他不能看，震惊使他一时不知所措。奎因可以看到，当震惊逐渐缓解，那人的身体随着他强迫的呼吸而起伏。过了一会儿，当他举起手时，即使在奎因那坚定的目光中，他那只手的轮廓也变得模糊起来。

这种反应肯定是因为有负罪感。除了负罪感，还有什么能让人如此畏缩、害怕，像他刚才那样蜷缩成一团呢？而且，奎因提醒自己，他甚至可能没看到更明显的痕迹。比方说，如果那只藏起来的右手已经握着枪，从裹着它的口袋里掏出一半来，然后又缩了回去，那就是只有对面那堵墙才能知道的秘密了。奎因想他搞砸了，等他回过神来，已经太晚了，那只手又不动了。

他返回自己刚才站的地方，顺便装作漫不经心地踢了一两片碎玻璃。

但现在，他们之间的意识在燃烧，一场似乎无意识的微妙决斗开始了，每一个微小的动作都令人紧张。那人帽子的边缘压得更低了，很低。但是，奎因知道，桌子下面那双病态的、明亮的眼睛并没有看着似乎在看的吧台面。眼睛向前看着镜子，除了他自己以外，他似乎只关注没有感情的玻璃表面。好像每个人都有看不见的触角，正敏感地彼此协调着。

奎因告诉自己：那人现在已经有所察觉，不是因为我做过任何事，是因为我的一动不动，是因为我没有注意到他，这让他知道了。我站得太久了，也太安静了，我看起来太呆板了。我的所作所为让他怕我。

看不见的电流从两人之间的一个人流向另一个人，然后又返回，再次流出，传递和接受着紧张。

那人的帽子压得越来越低，表示防卫，身体还是一动不动。奎因注视着镜子的眼神越来越茫然，不晃动，也不越位到旁边看不见的地方，直到他们几乎都无法呼吸。

他们周围的其他人都还在喝酒聊天，咧嘴笑，有时还吐口水，完全没有注意到他们。他们两人像是一幅静物画，置身于现实生活喧闹嘈杂的酒吧中，他们与其他人截然不同。他们之间的距离为三到四步，而他们就像是无生命的标记，倚靠着吧台。

没有任何警告。突然，奎因旁边的镜子出现瞬间空白，几乎就像浮士德式的消失，只剩下一团烟。这么突然，以至于奎因来不及反应，他满脸困惑，以完全错误的方式转过头，先朝那个人最初站立的地方，然后继续绕半圈到自己身后，他的身体也跟着转了过来，直到最后正对着门，这时候已经绕了一个很大的弯。

那人正疾跑着穿过门，他的身影像是用湿海绵擦玻璃一样模糊不清，他挣脱得如此之快。

奎因没想到逃跑会如此公开，如此真实。他曾期望，如果可能，那人或许会悄悄地伪装靠近他，再小心翼翼地离开。然而这是一次公开的逃跑，甚至还没有引起任何脸色变化和喊叫。整卷罪恶的象形文字显露在他脸上：我有罪，我知道，所以何必要等你发现呢？我知道我得逃跑。

他激动地哽咽着叫了一声，便跟在后面弯下腰，没等他的胳膊和腿发力，他的上半身就突然向前冲去，超过了身体的其他部分。

他听到酒保的低声喊叫，就从口袋里掏出某种硬币，他不在乎它是什么，而是直接将它从肩膀上抛过去。钱还没掉地，他就已经冲到了外面。

那个人已经在街上疯狂地飞奔了。疯狂是唯一恰当的描述，没有人能跑得那么快，除非他正被一种疯狂的恐惧所驱动。然而他仍然保持着刚才在酒吧里的姿势，他那支握枪的手紧贴着身体，仍然放在口袋里。这样使他失去了一点平衡，跑动的身子随之稍微向侧面倾斜。

他在一个拐角处踉跄了一下，不见了。奎因在他身后猛追，他又出现了，两人之间的距离保持不变。他越过街道较暗的一侧，阴影笼罩着他，他又不见了。奎因跟在他后面，紧随脚步，还没来得及喘息，他又出现了。

他们像是在黑暗中玩起了捉迷藏，只是游戏中没有欢笑或怜悯。奎因想：他没准会开枪，我最好小心点，他会开枪。但他坚持住了，不是因为勇敢，只是因为追逐的热度融化了其他所有的恐惧。

前面的身影又拐了一个弯。奎因跟在后面转弯，再次把他拉回了视线。这次他们之间的距离更短了，开始拉得更近。要奔跑，不仅需要腿，还需要双手自由，才能在空中腾飞。

被追的人开始失去理智了。拐过另一个弯，他消失了。但当奎因绕过去时，仍然没看见他。然而，正当奎因以为已经跟丢那人时，那人出于恐惧又再次出现在了奎因的眼前。他慌慌张张地从一扇门里跑出来，其实如果他愿意，这扇门就能替他保守秘密，仿佛他在倒数第二秒不信任它似的，于是追逐又开始了。现在是相反的方向，奎恩又往回追，恐惧会腐蚀人的能力。

与此同时，没有人阻止他们，也没有人干涉。奎因洋洋自得，如果他是无辜的，他为什么不呼救呢？他为什么不呢？

他在前面逃，绝望而惊人的沉默，从始至终一声不吭。

现在一切快结束了。奎因年轻，目标明确，他可以一整晚跑过整座城市。前面的人此刻全部暴露在他视线范围内，街角救不了他，门口也救不了他。

随着速度的下降，他的脚步声逐渐变弱，他们筋疲力尽，最终停了下来，然后他靠在那儿，喘不过气。过了一会儿，奎因追到那人跟前，往外绕了一点，仍然害怕那只紧缩起来的手臂，他选择从旁边而不是从正前方接近那人。因此，无论他用哪种方式跳开，奎因都可以同时跟上。

但他没跳，他跳不动。

他的声音沙哑低沉，像没有风时，沙粒在筛子里摇晃的声音。"怎么回事？你做什么？别再靠近了。"

奎因的声音嘶哑，几乎喘不过气，但又坚毅无比，达到目的之决心不可移，六连发子弹也不能。"我走近了。我马上就追到你。"

他继续走近，他们的脸几乎触到了。彼此都在呼吸，彼此都在害怕，但是一个比另一个更害怕。奎因没那么怕，只是担心被枪意外射中。另一个男人几乎被恐惧所摧毁，他吓得心悸，就像有什么东西缓慢地从他背靠着的建筑物侧面倾泻下来，焦油或浓漆。他的嘴巴张开，有一种湿漉漉的东西从嘴角冒出来，形成一根奇怪的长线。然后突然停住了，就像被剪刀剪断了一样。

在奎因检查之前，那人的左手移动了。左手，不是右手。如果是枪，那就太迟了，但不是。

"给你。你想要这个是吗？拿去，别再追我了。"

他把这东西压在身上。

"拿去，拿去。我不会喊，我不会——"

钱包掉下来，奎因用脚把它踢开。

"你为什么要跑？"

"你为什么跟着我？你想对我做什么？我受不了了，我已经够害怕了，我害怕黑暗和灯光，我害怕声音和寂静，我害怕周围的空气。别追我了——"他向奎因尖叫，眼睛越过他的肩膀，看向未知的夜晚。

"先生，振作一点。你到底在害怕什么？是因为你杀了人，是吗？回答我。你杀了人，是吗？"

那人的头低下，脖子好像被人折成两半的火柴棒。

"很多，有二十个。我不知道有多少——我曾试图数一数，但我永远不能——"

"而今晚，一个是——"

他哭得像个婴儿。奎因从未见过这样的情况。"现在让我走吧，不要让我站在这里面对他们。为了基督的爱，让我走——"

"你拿的是什么，枪？"

他突然在那只不动的右臂上狠狠抓了一下。

他的手指抓得太深了，抓到了里面的骨头。因为这一抓，整个手臂毫无生气地从口袋里跳了起来，而不是因为手臂本身的动作。一卷包装好的报纸从空的袖子里掉了出来。袖子松垮地垂着，像块木板一直垂到肩膀。

"是的，我以前确实有枪，"他用一种奇怪的孩子般的声音说，"他们把它从我手中夺走了。它完成工作之后，在我还回去时，一定是忘了把手拿出来。从那时起，我就失去了它，每次我想拿，它都不在。一直到这里——"

奎因像被针刺心脏般震惊。不过他还很年轻，情绪很快被平复。但这一会儿足以使他措手不及。

"我很抱歉，先生。"他只能忍住了，慈悲地转过头，"我能说什么？"

他说："现在让我走。"他带着一种温顺的悲哀，就像一个小孩在面对无法理解或无法对抗的力量时那样束手无策。

奎因问道："这次杀人是在什么时候发生的？"

"两年前在西班牙，或者只是在几分钟前，在最后那个拐角处？

我无法再确定。炮弹不停闪光，把我震晕了。"

奎因从街上捡起了那顶破烂的帽子，拂拭了一遍，怜悯地、温柔地、慢吞吞地，一遍又一遍地拂拭着。除此之外，他再没有其他办法向他表明……

03:45

随着海伦·基尔希逐渐走出了困境，这像是给布里基注射了少量的奴佛卡因[1]，间接地让她疲惫不堪，那种困扰自己的隐痛又开始了，而且比先前厉害一倍。那辆回家的黑出租车车尾的红光渐渐消失，她又独自一人转了一圈。四十分钟，也许是五十分钟的美好时光破碎了，离成功还差得很远。

她已经在东七十街上了，一夜之间光彩夺目的东七十街两次响起左轮枪声，一枪无害，一枪致命，所以她只要沿着这条街慢慢往西走，就能回到格雷夫斯家，那是她现在必须去的地方。她必

---

[1] novocaine，一种局部麻醉剂。

须重新开始，必须从某个地方开始，那是任何全新探险的逻辑起点。

她身上还有一把钥匙，是他们从格雷夫斯身边拿走的，所以她知道她再进去不会有任何困难。她不确定自己再次进去会带来什么收获，她确定这将是一个难得的大好机会。但是，既然她的最后一条线索已经消失，她就无能为力了。最重要的是，据说犯罪现场对罪犯来说有种无法抗拒的魅力，她似乎也被这种力量无情地拉近，就好像她自己就是凶手，就像她现在要被拉回去一样。

她知道那是什么。她想看看，必须看看他们是否被发现了，是否有任何警察活动的迹象。任何灯光，任何能表明隐匿于其中的秘密不再是他们自己秘密的东西。

因此，不像那些与时间赛跑的人，她缓慢而谨慎地回来了，穿过列克星敦，穿过公园。更近了，越来越近。从帕克－麦迪逊街区中央，她已经可以看到前方的街区。仔细观察，可以看出房子仍然空着，仍然安静，至少表面上一切都还在控制之中。门口附近没有汽车开动，门外没有警察的动静，也没有人进出。最重要的是，前面的窗户都没有灯光。在深夜，从很远就可以看到窗户上的灯光，尤其是在这样一个没有灯光的地方。

或者这只是诱饵？那里是否有某种陷阱正等待着被激发？哦，不是警察的陷阱，也不是男人设置的陷阱。他们不可能知道她会正好在这样的时刻回来，或者她根本不会回来。这另一种陷阱，是由真正的敌人设置的——这座城市。

她现在已经到了麦迪逊街。她看了看斜对面的角落,从那里开始,她绕了一个完整的圈子,又回来了——空手而归。出租车不见了,那辆车把她带到海伦·基尔希那里,做了一件傻事。

一辆小巧的铝制牛奶卡车从旁边驶过,这是去年左右开始使用的一种新型卡车,像那些早期的电动敞篷跑车一样安静又敏捷。牛奶准备好了,说明黎明也快到了。

她越过麦迪逊街,继续前进。

越来越近了。

她永远不会忘记那所房子的外貌,它困扰着她。她会在很长一段时间以后,在很远的地方看到它。即使他们把它拆了,场地空了,房子不见了,她还是会继续看到它。她仍然会在梦境中的某个夜晚,像这样站在房子外面。它会矗立在她的脑海中,再次恢复得完好无损,就像今晚一样。而且,如果她走运,她会在即将进去时醒来。

一切仿佛都是很久之前的事了:她慢慢地来回踱步,在另一边,在房子前面,而他在里面,把钱放回去。不可能是同一晚,没有夜晚可以持续那么长时间。但是,哎呀,她希望自己能回到那时,而不是现在。因为,尽管那时接下来要发生的事很痛苦,她也十分恐惧,害怕他会被抓个现行,但至少他们还不知道那件事,他们还不知道屋子里面有什么在等待他们。

她叹了口气。她又想起了最喜欢的舞厅格言:希望又有什么用呢?

她想知道奎因在哪里，情况怎样。她想，希望他的运气比我好。她希望他一切都好，没有陷入困境，安全就好。还有哪种情形会比他俩现在所遭遇的一切更糟糕的呢？

她厌恶自己。噢，你怀着希望和期待。你为什么不拿起火鸡叉骨[1]去找看到的第一个警察，并提出跟他一起掰开，这不就完事了吗？

她停了下来。房子就在对面。她想，真有趣，站在外面看，这间房屋里面有人死于暴力，但看上去它与其他房屋没什么不同。只有自己知道它与众不同。

她要进去，在她迈出第一步之前就感觉到了。她不知道为什么，不知道会有什么好处。但是，就这样站在外面的街道茫然地盯着它，又有什么好处呢？

至少她勇敢地走近了，不躲闪，不侧身。她笔直地走过去，像剃刀一样笔直，然后走上台阶。因为换种方式接近房子只会更危险，如果被一些游弋的眼睛发现，则更有可能引起怀疑。

摇摆不定的防风门在她身后关上了，前厅那个闷热的小隔间——比以往任何时候都更像一口直立的棺材——又一次出现在

---

1 也叫火鸡许愿骨，是火鸡胸部一种两叉型的骨头。一只火鸡只有一根许愿骨，而且很脆，容易断。感恩节时，两个人分别拿着骨头的一端，默许愿望，用力一扯，让骨头断掉，谁折断骨头的部分比较多，他许的愿就会实现。

她的周围。她大部分的勇气，或者说是动力，似乎都突然留在了外面。

她上次是和他一起去的。独自进去更加可怕，假设会有人潜伏在里面？不是警察或任何合法进入的人，一个从外面根本猜不到他存在的人，一个不想开灯的人，或者是一个和他俩一样不希望自己的闯入会引人注目的人，一个等你知道就为时已晚的人。

她继续前进。还能有什么可做的？后退无法解决任何问题。

她把钥匙放在门上，这也是死者的钥匙。她记得前一次他做这件事时手是怎么抖的。他真该看看现在的她，他会知道真正的颤抖是什么。她的前臂几乎在肘关节中弹跳。哐啷！这一声在她自己的耳朵里，听起来像是锡罐在叮当作响。她要是按门铃就好了，传达自己到来的方式。

唉，有什么区别呢，里面反正没人。

希望吧，她放轻了一点声音。

门开了。

静悄悄的。

由于之前来过，她现在对怎么走比较熟悉了。她径直往前走，然后上了楼梯。她先随手关了门，然后开始走。她有一种不太稳定的感觉，就像走在钢索上，在完全黑暗中前行，即使方向感相当准确，也总会有这种感觉。

空气中还残留着皮具和木制品的味道。

多么安静啊。房子怎么会这么安静？就好像它为了自己奸诈目的而做得太过分了。

她想，让我看看我的手提箱是否还在靠墙的地方。那应该能显示是否有人在这里。

她知道把手提箱放在哪边，但自然不清楚自己离门有多远。她转过身，弯下腰。她找到了那面墙，用手掌往下摸。她一直摸到底部，到了踢脚板，没有任何东西妨碍她。

没有，手提箱不在这。还要再过去一点。

她稍微离开了墙，又继续往前走。向前走了四步，又一次靠近，在那里试了一下。一定是这里，再远也不可能。她现在肯定快到楼梯口了。

她的手再次伸出来，手掌朝前，找到墙，然后沿着墙拍了一下，接近手提箱应达到的高度——墙已经变了。

不再是凉爽和光滑的石膏，不是平的。她的手伸进了一个柔软的地方，一开始只是某一处柔软，她先是碰到一点点，最后却抓住了内在的一大块。那是粗糙而又柔软的东西，毛茸茸的，而且很浓密。绒毛，是属于大衣的绒毛。这是一件大衣，它的后面是一具躯体，有个人在大衣里面！

有人站在那儿，靠在墙上。向后压着墙，试图逃避被发现。她就停在了他的面前，就像有人在玩一场可怕的盲人捉迷藏游戏——只不过这种游戏是永远玩不完的——她用手摸索着那个人。

在碰触的那一刻,她能听到那不是自己的呼吸声。因为她自己的呼吸声已经完全停止了。

在她的面前有一个人,一个还活着但死死站着的人,因为被她发现而困在原地。

黑暗在她周围肆虐。它逼近一个浪峰,就像一个即将毁灭的浪头,要把她冲个粉碎。就仿佛在海浪里一样,迎来一股可怕的感官冲击。她开始向后退去,因为恐惧而陷入无意识。她发出了一声轻微的呻吟,一种本没打算发出的声音。

"奎因,救我——"

一只手臂猛地搂住了她的腰部。她的意识一度模糊不清,无法分辨这是救助还是挟持。她漂浮起来,几乎失去知觉。

奎因的声音响起:"布里基!站好,布里基!"

她身子往前,头无力地靠在他的肩上。她靠在他身上,一分钟都说不出话来。

他说:"我的上帝,我不知道是你。我一动不动站在这里,担心……"

过了好一会,她仍然在喘气:"这真是要把我吓死,没有比这更吓人的了。"

他在黑暗中把她从墙边拉开,双臂抱住她,像抱圆桶一样。"过来这里,到楼梯上坐一会儿吧。"

"不,我现在没事了。我们上去吧,这样我们就可以开点灯,摆脱这该死的黑暗，大部分人都是这样做的。"

他们上了楼。现在她有他在身边就好了，她不再害怕了。

"真有趣，我们都这样回来，几乎是一起回来的。运气也不好，是吧？"她试探着问。

"不走运。我回来是为了重新开始。"

"那也是我出去的原因。"

他们没有询问彼此的经历。他们一无所获，所以重复讲没有任何好处。也没有时间，这是最主要的。

灯打开时，他们几乎没有看地板上的尸体，两个人都没有。他们现在已经远远超过了那具尸体的位置，他们只需要从眼角瞥见一个黑黑的、前襟是白色的东西就够了，只要能让他们看出它还在那里就够了。她想，你居然这么快就习惯了房间里的死亡。这就是为什么整晚和他们一起坐着的那些人从来都不动声色，直到现在她才明白他们的能力。

这是她第一次见到尸体，但所有的畏惧已经消失了。她发现自己在房间里走来走去，而且每次都毫不在意地稍稍偏离那个特定的位置，仅此而已，就像在避免踩到熟睡的狗或猫一样。

他们无所适从，他们已经走到了绝境。他们不再交流，他们可以从对方的眼睛里读出对方知道什么，但他们尽量不说出来，也不大声承认。他的逃避表现为坐立不安，好像在完成什么事情，而他俩都知道不是。他走到卧室的入口，在那儿把灯打开，站着环顾四周,仿佛拼命地试图辨别一些不存在的东西。然后他又出来,走到浴室入口,打开灯,做了同样的事情。

这没用。这是无望的,他俩都知道,他们从这个地方挤走了最后一个无声的证词。他们把它挤干了。

她的挫败感则表现得更为消极。她静静地站着,她放在一把椅子后面的手指显露出了这点:她的手指像打字员一样在看不见的打字机上不停起伏。

突然,寂静发生了变化。有声响,不是他们发出的。

"什么声音?"

恐惧像一股冰冷的水从破裂的水管或主管道喷涌到他们身上,又像麻木的潮水从下面涌入一个无法逃脱的狭窄地方。他们就像两个小东西,两只老鼠,被困在一个被水淹没的地窖里,在旋涡的表面上转来转去,虽然还活着,却只能无助地回旋,直到它们最终消失。

恐惧来自一阵低沉的钟声鸣响。微弱的,轻柔的,叮铃,叮铃,一遍又一遍。在他们周围看不见的地方,在某个隐秘的地方,但与他们相连,与他们所在的地方相关。

在第一次针刺般的惊吓之后,他们一动不动,只有眼睛在惊恐地盯着,时而向这边,时而向那边,但每一次都太迟了。它就像一只黄蜂,在他们的脑袋周围嗡嗡叫个不停,而他们却一动不动,试图识别它,试图确定它的方位,试图把它隔离出来。它无处不在,却无处可寻。叮铃，叮铃，轻柔地像天鹅绒一样，却一直没完没了。

"怎么了，是防盗警报器吗？"她喘着气说，"我们碰了不该碰的东西吗？"

"就在卧室那边，里面一定有闹钟。"

他们冲向卧室门，像老鼠在惊恐的潮水中奔跑。梳妆台上有一个小折叠钟，他拿起来，敲了敲顶部，把钟放在耳边。

叮铃，叮铃，这幽灵般的颤音并不比之前近，还是在到处响。

他把钟放下，回头朝另一个方向跑。她跟在后面。

"可能是门铃。噢上帝，我们怎么办？"她颤抖着。

他跑下几节台阶，在楼梯上停下，仔细听着。

"不是，它同时来自两个地方。一个是从下面，一个是从我们这的后面……"

她打断了他的话："这不好，下面很黑，你永远找不到它。回来，我们再上去试试。"

他们又跑回了卧室，像两只落水的老鼠。

"我们把门关上吧，"她说，"这样我们就知道是哪个房间……"

她把门关上。他们听着，声音没有变小，没有改变，也没有因为关闭而受到影响。

"它就在这间卧室里，和我们在一起，我们就知道这么多。唉，要是它能停一下，给我们机会集中精力……"

他跪在地上，手脚并用，像动物一样笨拙地在地上爬来爬去。

"等一下,下面有个盒子!靠着墙,在床下,漆成白色……我能看见,是个电话分机盒。可是听筒在哪呢……"

他跳起来,跑到床头,把床从墙边稍微移开。然后,他伸出一只手,在床背后大约床垫那么高的地方,把话机拿了出来。

话机挂在了后面,这样他从枕头上就可以够到,不必起身。

但是还是不知声音从哪来。

"一种消音铃声,这样电话响起来不会觉得太吵。楼下一定有另一个,这是一个分机,就是这个声音传得到处都是,把我们弄得心烦意乱。"

他说话时,那东西还在他手里响。

哀怨地、不屈不挠地响着,叮铃,叮铃……

他无奈地看着她,"我该怎么办?"

叮铃,叮铃……它就像一根刺,永不停息。

"不知道是谁想找他,这么坚持。我想碰碰运气,接下电话。"

她的手忽地抓住他的手腕,手心冰冷。"小心!你会把警察招来的!他们会知道这不是他的声音。"

"也许我能侥幸逃脱。如果我说话声音低点,模糊点,他们就听不出区别,我可以假装我是他。这是我们唯一的机会,我们可能会发现一些东西——哪怕比我们知道的多一两个词,但对我们也是好处多多。站在我旁边,尽你所能为我祈祷。我接了。"

他松开一直握着话筒挂钩的那只手指,那东西就打开了。

他小心翼翼地把它举到耳边,就好像它充有高压电。

"你好!"他含糊不清地说。她几乎听不到,他声音压得太低了。

她的心怦怦直跳。他们的头挨得很近,耳朵贴着耳朵,在夜里听着这通电话。

一个声音说道:"亲爱的,我是芭芭拉。"

她瞥了一眼梳妆台上的照片。芭芭拉,那个在银色相框中的女孩,我的天呐,她紧张地想,你可以愚弄任何人,除了男人最亲密的女孩,因为她太了解他了。我们永远不能……

他紧张得脸色发白,她几乎能感觉到他太阳穴下的脉搏正在跳动。

"史蒂芬,亲爱的,我把我的金色粉饼盒放在你那了吗?我回来的时候找不到了,我有点烦恼。你看看你那有没有,可能你替我把它塞进口袋里了。"

"你的粉饼盒?"他含糊地应了一声,又说,"等一下。"

他立即把听筒盖上。

"我该怎么办?我该怎么说?"

布里基突然离开,跑进了另一个房间。然后又回来,手里拿着什么东西给他看,有什么东西在灯下突然闪了一下。

"对她说是的,说吧,小声点,声音轻点。到目前为止一切正常,她并不是真的想要这个,这不是她打电话的原因。如果你小心点,你可能会发现一些事情。"

她又紧靠着他，耳朵贴着听筒。他把捂住的手从话筒上拿开。

"是的，"他低声说，"在我这。"

"我睡不着，所以我才给你打电话，并不是因为粉饼盒的事。"

他朝布里基瞥了一眼，意思是"你是对的"。

那个声音在等着，轮到他说点什么了。布里基的胳膊肘赶紧推了他一下。

"我也睡不着。"

"如果我们结婚了，事情就简单多了，不是吗？这样你就可以从口袋里把它拿出来，放到我们卧室的梳妆台上。"

布里基垂下眼睛，皱了皱眉。这是在向一具尸体求婚，她想。

"我们以前从来没有像这样生气地分手过。"

"对不起。"他低声说。

"如果我们不去那儿，不去那个佩罗凯（Perroquet）游乐场，也许就不会发生这种事了。"

"是的。"他顺从地回答道。

"她是谁？"

这次他什么也没说。

那声音像在容忍着他的固执："她是谁，史蒂芬？穿着浅绿色连衣裙的高个红发女郎。"

"我不知道。"他给出这个答案是因为这是他唯一能给出的答案，反而是正确的答案。

"你以前告诉过我的,那是第一次的开始。如果你不知道她是谁,那她为什么要在康加舞会上硬是夹在我们中间?"

他没有回答,他不能回答。

"那她为什么把一张纸条塞到你手里?"

这个声音把他的沉默当作否认。

"我看见她这么做了,我亲眼看到了。"

他们都在专心地听着。

"我们回到餐桌后,你为什么一直朝房间那边的她点头?是的,我也看到了。我是在我的小镜子里看到的,虽然我好像没有在看。你好像在说:'我读过你的留言了,我会照你说的做。'"

对方停顿了一下,让他有机会说几句话,可他无法接话。

"史蒂芬,我放下面子,这样给你打电话,我们各让一步好吗?"

她等着他说些什么,但他没有。

"怎么,从那以后你的整个情绪都变了。就好像你等不及要送我到家门口,让我离开你的手。我哭了,史蒂芬。你走的时候我哭了,我从那时一直哭到现在,哭了半个晚上。史蒂芬,史蒂芬,你在听我说话吗?你在那里吗?"

"是的。"

"你的声音听起来那么遥远,那么……是电话,还是你?"

"我想,信号不太好吧。"他闭着嘴说。

"可是史蒂芬,你听起来很——很谨慎,好像不敢跟我说话。

我知道这很傻,但我有一个很奇怪的感觉,你现在并不是一个人。你说的每句话都这么奇怪,要等等才说,就好像有人在你身边给你指点。"

"没有。"他低声说,一副不高兴的样子。

"史蒂芬,你不能大声点吗?你在低声说话,好像害怕吵醒别人似的。如果你自己醒着,还怕吵醒家里的谁?"

死人啊,布里基心里想着,做了个鬼脸。

他拍了拍手。"她开始怀疑了,我该怎么办?"

她感觉到他将要绝望地挂断电话,这是最快能摆脱芭芭拉的方法。"不要,不论如何,不要挂,不然就露馅了。"

他又贴近话机。"史蒂芬,我不喜欢你的举止。到底发生了什么?你是史蒂芬吗?"

他又盖住听筒:"她在追问,我没辙了。"

"等一下,别惊慌失措,让我来帮你。把话筒转过来一点。"

突然,她说起话来,声音洪亮,带着伤感的、醉酒的腔调,直对着话筒。

"亲爱的,过来。我等得累了,我要再喝一杯。你要站在那儿聊多久?"

电话那端一阵惊愕,就像分子爆炸一样,听不见也看不到,但他几乎能感觉到它通过电话线回旋冲击着他,这感觉如此强烈。然后话音消退了,不是因为实际距离的改变,而是由于痛苦程度的加深。它退到永远无法弥合的遥远之地。

当电话再次响起,那头听不到任何愤怒,什么都没有,甚至没有敏锐的疏离感,毕竟这是表达热情的相反方式。电话那头只有古典、中立的礼貌。

对方只说了两句话。"哦,对不起,史蒂芬。"其间她痛苦地呼吸了一两下,"原谅我,我不知道。"

咔嗒一声,电话又挂了。

"那是位淑女,"挂上电话后,布里基略带崇拜而动情地说,"完完全全的淑女。"

他懊悔地用手背捂着嘴。"哎呀,这太残忍了。我希望我们不必那样做,无论她是谁,毕竟都和他订婚了。"然后他好奇地看着布里基,问:"你怎么那么肯定会成功呢?"

她伤感地回答:"毕竟我也是女人,我们都有着相同的情感。"

他们又思索了一会儿,都转过身来看着银色相框中的女人。他喃喃道:"她今晚睡不着了,我们伤了她的心。"

"她肯定伤心透了,不是因为这个就是因为那个。可笑的是,如果她发现爱人已经死了,她会比现在更痛苦。别问我为什么。"

然后,他们不再想她,又陷入自己的担忧中。

"嗯,我们知道的比以前多了一点,"他说,"我们又补了一小部分时间。他们先去了赫尔扎波平(Hellzapoppin)冬季花园的展览,然后去了这个有麻烦的地方,佩罗……她说是什么地方?"

"佩罗凯，"她一直对这个城市的夜生活了如指掌，"我知道在哪儿，在第五十四街。"

"但这仍然不能说明他回到这里前发生了什么。从他把她送到门口到现在，还有一段时间缺口……"

她正在思考这点。

"就在那里发生了什么事，一件大事，这是我们整晚的最大收获。他一定收到过一张纸条，一定有一张。"她走到靠近照片的地方，"长了这张脸的女孩看起来不像会是出于嫉妒心而编造那样的事情。看看她，她太漂亮了，太自信了，想不出什么可以担心的事。如果她说她看到了，那就是看到了，确定无疑他收到过一张纸条。问题是，后来怎么样了？如果我们知道他拿到纸条后干了什么就好了。"

"我猜，把纸条撕得细碎。"

"不，因为如果他在还和她一起的时候就这么做了，那就等于承认他确实收到了纸条，而他不想让她知道。而一旦他离开了她，就没有理由再把它撕碎，她也就不会再要求看它了。他可能照原样保留了这张纸条，他很可能就是这么做的。我想知道的是，当他和她还坐在俱乐部里时，他把纸条藏哪了？没准还在他身上什么地方放着呢。"

"我们已经翻遍了他所有的口袋，都没有看到……"

她若有所思地轻拍下唇，"我们这样想吧，奎因，你是一个男人。

我想你在特定情况下会做出几乎相同的举止。你在一家夜总会里招待跟你订过婚的女孩,然后一个陌生人递给你一个纸条,一个你不希望她看到的纸条,你会怎么处理它,你会把它藏在哪里?马上回答,不要花太多时间去想。如果你开始思考,就会变得很假。"

"我会把它卷成团丢掉。"

"不行。纸条递给你时,你在跳康加舞,你没有机会这样做。如果你把手从舞伴的腰上拿开,你可能会跟不上对方的步伐,还会打乱队形。"

"好吧,我可以把它直接扔到我脚下的地板上,不需要动手,就让它落下来。"

"还是不行。那样的话,你的未婚妻就可能自己伸手去拿了。最主要的是,她没有看到他做这两件事,她从两个位置观察着他,离得很近,观察得很准确。他拿到了纸条,然后纸条就不见了,没再看到,要么被扔了,要么被装进了口袋。"

"那他一定是把纸条折平放在手心了。"

"没错,这就是我想通过测试得到的结果。队伍散去,他带她回到他们的桌子旁。那是他把纸条塞到某个地方的时候,因为有桌子在他们中间做掩护。现在再试一次,你和她坐在一起,她已经开始追问你这件事,所以你不能只是被动地任其自然。你这里被遮住了——"她在他身上画了一条线,就在腰带上方。"从康加舞下来,它还在你手里,你必须尽快把它从你手里拿出来。你不能放进上口袋，也不能放到钱包，更不能塞进烟盒，因为她会看到的，这些位置都太显眼。"

"我会把它扔在桌子下……"

"绝不会。看一次是不够的，特别是在跳康加舞时，你两只脚都在踢。你想再看一遍，研究一下，或者在你一个人的时候尽快决定去做什么，这样你就安全了。从那以后，他变得不安起来，就像她刚才对你说的那样。这张纸条给他造成了困扰，他不得不做出决定。那种东西不会看一眼就扔，这是未竟之事。他还留着那张纸条，但是在哪呢？"

"也许他把纸条塞到自己那边的桌布下面了。"

她停了一会儿，吓了一跳。最后她说："不，不，我想他并没有那样做。那仍然意味着当他们起来要走之时，纸条会被留下，这也意味着一些陌生人最终会捡到。他不太可能那样做，甚至不可能把它扔掉。我想除非她没注意到他手上的布在抖动，否则他是做不到的。请记住，他是在试图让一个发火的女孩安静下来，而她有权利这样做，一个坐在他对面的女孩，而他们有六只眼睛和十几种额外的感官。"

他还在努力想，但没有什么灵感。"啊，我不知道……我几乎想不到什么其他地方了。我坐在椅子上时，可能会坐在纸条上面，但我一起来，情况就更糟了。"

"没关系，奎因，"她沮丧地摇摇头，说，"你会成为一个女人的诚实丈夫，你肯定不适合搞阴谋诡计。"

"嗯，我在夜总会和别人在一起时，从来没有人给过我纸条。"他抱歉地嘟囔着。

"我愿意相信你的话。"她淡淡地表示赞许。

他们又进去了。她站着，低头看着死尸。在她看来，这就是他们整晚一直在做的事，站在它旁边，低头看着它。

"试试前面皮带下面的那个小手表口袋，我们把那个翻出来过吗？我不记得了。"

他蹲下来，用拇指勾住，把口袋翻了出来。

"空的。"

"它们到底是干什么用的？"她没精打采地问，没等回答，她又说，"没关系，现在还不是学习男装裁缝业的时候。"

他就那样蹲着，手指轻轻地碰着自己的膝盖骨。

"奎因，我能请你帮忙……你介意把他翻过来一下吗？"她踌躇地问。

"翻过来？你觉得我们应该打扰……"

"我们已经做了很多事情，掏空了口袋，翻遍了他所有的东西，我认为这并不重要。"

他把尸体翻过来，脸朝下，动作尽量轻轻的。一种轻微的、不由自主的厌恶感刺痛了他们两人，但很快就平息了。

他皱起眉头问她："你这样做是为了什么？"

她胆怯地说:"我自己也不知道。"

他又站了起来。他们面面相觑,茫然不知所措,不知下一步该怎么办。

"纸条不在他身上,这是小事。他回来后可能放在这附近的某个地方了,那张桌子……我们还没有看过呢。"

"这可能需要通宵查找,"她说着走向桌子,"看里面好像塞满了东西。这样吧,你进去看看办公的抽屉,我会快速把这里翻一翻。"

滴答滴答,滴答滴答,滴答滴答……在他们全神贯注于各自沉默的工作中时,闹钟声音响了两倍。

"奎因!"她突然喊道。

他赶忙跑进来。

"你是说它在里面?你这么快就找到?"

然而,她站着那,背对着桌子。

"没有。奎因,他穿得很讲究对吧。我刚好转过身,有样东西吸引了我的注意。他有一只袜子的后跟有个洞,就在鞋的正上方,这不符合他原来的样子。左边那只,奎因。"他已经走过去了。

鞋砰的一声掉了下来。那个"洞"也随之消失了。

"是那张纸条。"他说。

她走到他跟前时,他已经在抚弄那张揉皱了的小纸片,开始读起来。他们一起读了剩下的部分。

它是用铅笔草草写的,写在临时找来的纸片上,受力不大均匀,纸条看上去是在没有现成书写工具的地方写的。

格雷夫斯先生，我没弄错吧？在您将那位年轻的女士送回家之后，我想在您家中与您私下交谈。我不是说其他时间，我是说就在今晚。您不认识我，但我觉得我已经是您家里的一员了。我不想为找不到您而失望。

没有署名。

她兴高采烈："确实是她，看到了吗？是她！她确实来过这里。她是这场争斗中的女人——我们对此判断正确。我忘了是我们哪一个……"

出于某种原因，他不太乐观，"但他收到纸条塞进鞋子里，并不能证明她真的在这里出现过。"

"她在这里，你可以放心。"

"我们怎么知道？"

"听着，任何想走到这一步的人都会走完剩下的路，别自欺欺人了。这不是一个害羞的人。如果一个女孩或女人能潦草地写下这样一张挑衅的字条，用有力的臂膀挽着舞伴跳康加，再偷偷地把它交到史蒂芬·格雷夫斯这样一位显赫的有钱人手里，甚至连他自己都不认识，请注意，而且是在他订婚女孩的眼皮底下，一旦她下定决心，决不会让任何事阻止她来这里拜访他！明白吗？

'我不是说其他时间，我是说就在今晚。'那个女人就在这儿，你可以打保票！"

然后她补充说："如果字符阅读方法对你没有帮助，那就做蒙眼测试吧。应该这样做。"

"什么意思？"

"她身上带着火柴夹散发出的那种香水味，在我们第一次进来时，我从房间的空气中就已经猜到了。那种会写这样一张纸条的女人，也是那种手提包里会发出那样怪味的女人，她就在这儿。"她又说。

"这仍然不能说明她开枪打死了他。她原先可能是在这里，然后离开了，接着这个抽雪茄的家伙在她走后进来。"

"我对他一无所知。但我知道这张纸条里有很多有关枪杀的信息，甚至在她和他进行私人接触之前。"

"这里面有种威胁。"他承认。

"威胁？整件事就是威胁，从第一个字到最后一个字。'格雷夫斯先生，我没弄错吧？……我不想为找不到您而失望。'你还能把这些叫什么？"

他又读了一遍。"这是一种试探，你不觉得吗？"

"当然是试探。威胁几乎总是意味着缺钱，尤其是来自女性对男性的威胁。"

"'我觉得我已经是您家里的一员了'。她这是什么意思？他和芭芭拉订了婚，这句话让人觉得是之前和他有过牵扯的人，当她听到他订婚的消息时……只会发生一件事……"

"是的。当我第一次看到纸条内容时，我也想到了这一点。只会发生你说的那件事。"

"'你不认识我。'一个男人怎么可能和一个不认识的女人有牵扯呢？除非她是在为别的女人打掩护，接近他。她是，怎么说来着，中间人？也许是姐妹，或者类似的人。"

她自己把话打断："不，从来不会。那另当别论，如果您对女性了解更多，你会发现女人在因为一个心仪的东西而用钱紧张时，从来不利用另一个女人作为中间人。别问我为什么，就是如此。男人可能会为了生意或某种歪道这么做，但从来没有女人会以这种方式行事。她要么自己做肮脏的工作，要么就不做。"

"那么他就没有和她再纠缠在一起。可这个女人还是抓住了他的把柄。"

"他知道她有什么把柄，或者至少有一种预感。他收到纸条后的反应说明了这一点。他遇到了写纸条的人，在她自己的地盘上。看，明白我的意思了吗？芭芭拉很妒忌那种纸条，她认为这是一张友好，甚至是过于友好的纸条，是一个他认识的女人写来的，他背着她跟那女人调情。要使她平静下来，他所要做的就是给她看这个，给她看这是一张什么样的纸条。但他宁愿瞒着她，即使要付出让她生气和与她分手的代价。为什么他不愿意给她看呢？

或者做得更好些,他为什么当时不从桌边站起来,走过去,在那位女士离开之前跟她搭话。'你这么做是什么意思?你是谁?你想说什么?'再把那东西推回去。"布里基摇摇头,"他有点怀疑背后有什么东西需要小心处理,这你不能有异议。她至少有一个方面能站得住脚,如果不是全部,那就是事出有因。他以她的方式处理,反应低调。他为什么非得这么做?人们不会那样做,难道你会愿意?"然后她很快就停住了,接着又说,"哦,没关系,反正你也不擅长这件事。我刚才忘了。"

他已经准备露出受宠若惊的样子,但很快又收回了这种神情。

"换言之,"她继续说,"当他拿到纸条时,他内心深处的某个地方响起了警报。这不仅仅是虚张声势,无中生有。"

她开始振作起来,好像准备再出去,"一切都无所谓。最重要的是,我们找到她了。我几乎可以肯定我们找到她了,我要出去找她。"

"但我们还不知道她的名字,她长什么样子,在哪里生活。"

"我们不能指望有人把真人大小的照片交给我们。我认为我们已经做得很好了,就像以前一样,从零开始。至少她现在变成了一个活生生的人,她是真实的,而不是像以前那样只是一个凭空想象的人。房间里的香水味已经消失了,我们知道她是在午夜时分在佩罗凯的,那儿一定有人看见过她。他女朋友跟你说过她的事,怎么说来着的,高个子红头发,穿浅绿色裙子,康加舞的第三号。

今天晚上穿着浅绿色裙子的红头发高个子肯定不多。"布里基张开双手给他鼓劲,想让他记住这些,"看看我们都找到了什么?"

"那个地方这会儿要关门了。"

"有价值的人,真正能帮上忙的人,他们还会在。男招待、衣帽寄存处的女孩、洗手间的服务员,类似这些人。如果我一个接一个地检查更衣室里的梳子,看看有没有散落的红发,我会从那里找到她的。"

"我和你一起去。"他走到卧室的门口,把那里的灯关了。然后他走向浴室,他说:"等一下,我们走之前我想在这喝点水。"

她没等他就向楼梯走去。她以为他会追上,可是过了一会儿他还没过来,她停了下来,在离楼梯口两三步远的地方等着。可是等了一下他还是没有过来,她转身又走了几步,进了灯光明亮的房间。

就看见他站在那儿一动不动,就在浴室门口。她甚至在进去之前就知道,他一定是发现了什么,但他专心致志地控制住自己。

"怎么了?"

"我喊你,你没听见。这东西在浴缸里,一定是浴帘把它遮住了。我喝水时,胳膊肘擦到浴帘,浴帘推过去了一点。就在那里,在干燥的浴缸底部。"

这东西是浅蓝色的,他双手紧紧抓着。

"这是张支票,是谁的私人支票。让我看看……"

这张支票的收款人是史蒂芬·格雷夫斯，金额是 12500 美元，没有零头。背书人是史蒂芬·格雷夫斯，签署人是亚瑟·霍姆斯。支票盖了章，对角斜着写了一行潦草的字：已退回——没有资金。

他们交换了一个困惑的眼神，现在她握着一端，他握着另一端。"这样的东西怎么会掉进浴缸的底部？"她惊叹道。

"这是最不重要的部分，因为这很容易理解。这张支票肯定一开始就在钱箱里，我在墙上挖的洞跟浴缸底部是在一条直线上的。当我把钱箱拉出来打开时，那张支票一定是滑了出来，飘落到浴缸里，我没注意到。斜挂着的浴帘把它遮住了，直到刚才我才看见。但那不是重点，你不明白这意味着什么吗？"

"我想我明白。霍姆斯很可能就是紧张不安抽雪茄的那个人，你觉得呢？"

"我敢打赌是他。某人有杀人的理由……这可是 12500 美元……啊！啊！"

"那么，也许这个霍姆斯今晚到这里来看格雷夫斯，要么是为了当场兑现，要么是要求格雷夫斯不要起诉他，等他在不久的将来筹够了钱再兑现。而且因为格雷夫斯在去找支票时发现找不到，霍姆斯认为他是故意想耍花样。他们为此争吵起来，然后霍姆斯开枪打死了他。"

"这么说，在某种程度上，我仍然要对他的死负责——"

"算了吧。霍姆斯不必杀他，即使他真的认为格雷夫斯藏着支票不给。霍姆斯，"她若有所思地说，用一根手指抵住她的嘴，"今晚，我在某个地方，听到或看到过这个名字。等等，他的钱包里不是有名片吗？我想是其中一个。"

她走到另一个房间，又跪在地板上。她拿起钱包，翻了翻第一次放进去的两三张名片。她抬头看着他，点点头，"确实，我告诉你了，霍姆斯是他的经纪人。看这个。"

他走到她身边，手里还拿着支票。"这倒是有趣。我对这些事情了解不多，但客户通常不都把支票交给经纪人，而不是像现在这样反过来吗？这听起来很糟糕。"

"这可能是有原因的。也许霍姆斯盗用了格雷夫斯持有的一些证券，或者替他处理了这些证券，然后格雷夫斯比预期更早地被要求清算账目，所以霍姆斯试图用一张毫无价值的支票来拖延时间。当银行拒收后，格雷夫斯威胁要逮捕他。"

"名片上有地址吗？"

"没有，只有经纪公司的名字，在下角。"

"好吧，我能找到他。"他系上了皮带，"我要走了，"他坚决地说，"走吧，你可以到下面的公共汽车终点站去等一会儿，在那儿等我……"然后，他看她没有立即行动起来，就问道，"现在你也同意我认为的是霍姆斯干的，是吗？"

让他大吃一惊的是，她说："不，我不同意。事实上，要我说，我还是觉得是康加舞会上的那位女士。"

他向她挥动支票,"为什么呢,况且我们才刚发现这个?"

"几件小事,你不会相信的。首先,如果霍姆斯真的杀了格雷夫斯,那也是为了掩盖这张支票,对吧?他不会不拿走支票就离开这里。一旦他为了支票而杀人,他就会一直找支票,直到找到为止。因为他知道,当支票被发现,嫌疑就会直接指向他,就像现在这样。"

"假设他确实找过,却没找到呢?"

"可是你找到了,"她回答说,"另一件事让我觉得最后在这里的是那个女人——我知道你会笑这个,但是——格雷夫斯死的时候穿了外套。"

"啊,布里基……"他开始抗议。

"我知道你不会当真,但我对他的印象是,我不知道为什么,他是那种类型的男人,不会脱掉外套接待一个女人,何况是勒索者。那时已经很晚了,他整晚都穿着外套。我想如果最后是霍姆斯在这里,我们会发现躺在那里的格雷夫斯只穿着背心,甚至只穿着衬衫袖子。但这就是它对我的意义,我不要求其他人尝试去理解,这更像是一种直觉。不管怎样,对我来说,凶手仍然指向那女人。"

过了一会儿,他没精打采地笑起来,说道:"一开始我们什么都不知道。现在我们又知道得太多了。"

"我以前说过的话仍然有效。现在比那时更是如此,即使时间缩短了那么多。其中一个仍然是错误的,而另一个是正确的。但我们只能在第一次出门的时候就选对一个，我们不能一起追捕他们两个。因为即使是50%的赔率也太高了。如果付出了错误的代价，那默认情况下另一个就可以溜掉了。假设霍姆斯最终是清白的？等我们发现这一点，就再也没有多余的时间去追那个女人了。"

"就是他，不是别人。这里的一切都在试图告诉你这一点。"

"霍姆斯有足够的动机向他开枪，"她表示同意，"有很多，但也有不杀的理由，但我们甚至不确定他今晚是否出现在了这里。像支票之类的东西，他们管那叫什么来着？"

他不情愿地说：“间接证据。”

她点了点头，"这对她而言也是间接证据，一直都是。他在一家夜总会收到一个女人的纸条，说她要来这里。一个女人在这里，但这并不意味着是同一个女人，可能是两个完全不同的女人。一个叫霍姆斯的人给了他一张空头支票，今晚有个人在这里和他争论，还嚼着雪茄，但他们也可能是两个完全不同的人。"

"现在你把他们分成四个人了。"

"还是两个，一个是你的，一个是我的。我还是去追那女的，你追男的。我们五点三刻回来，跟先前说定的一样。"

灯灭了，死者消失在黑暗中。他们下了楼。

这次他们没有接吻就分开了。忠贞的誓言已经说过一次，不必再续。

她站在他身边，在那被遮蔽的门口喃喃地说道："我会再与你相见的，奎因。"

她等了一会儿，以免妨碍他离开。当她随后走到空地上时，他就不见了。她走了，好像从来没有见过他似的。或者更确切地说，她仿佛再也见不到他了。

只有城市在那儿，懒洋洋地期待着。

04:19

  这次本应比上次容易些,但他对是否能做到心存疑虑。这次他了解到一个名字——名和姓,还有一个职业——他所要做的就是把它们和一个现有的地点联系起来。在此之前,他所掌握的只是一个破纽扣和一个特点(左撇子),而他甚至对此都没有把握。他想起了上次期待有所成就的勇气——唉,难怪最后会化为泡影。但是,一想到自己的时间又少了许多,他几乎觉得这一切都是徒劳的。

  电话簿里有三个叫这名字的。他先用这种方式来找,但那没有任何意义。他们都在一个行政区——曼哈顿,这样就排除了布鲁克林区、皇后区、布朗克斯区和斯塔顿岛[1]。还排除了腹地，一直到克洛顿（Croton），也许更远，天知道会是哪里。还要排除长岛的偏僻之地，一直到华盛顿港。他对经纪人了解不多，但不知道为什么，他认为他们大多生活在郊区。

三人中，一个在第十九街，一个在第六十街，还有一个在他从来没听说过的街上。他按号码簿中的顺序把它们记下来。

接线员不停地打电话，他不会让她停下来。没人会在这样一个凄凉的夜晚迅速接听电话。

终于传来一阵扭动声，一个女人的声音传来，听起来是睡意蒙眬。这是在第十九街的那个人。

"谁？"那声音生气地说。

"我想和霍姆斯，亚瑟·霍姆斯谈谈。"

"哦，是吗？"那声音尖刻地说，"好吧，你只是有点迟了。他大约二十分钟前走的。"

从她回答的语气中，可以看出她要发火了，对着他狠狠地发一通火。

"你能告诉我在哪里能找到他吗？"他几乎被自己的舌头绊了一下，说话的速度比她还快。

"他在车站那边，你可以在那找到。你打电话给我想做什么？"

他已经死心了。他是自愿来这的……也许事情已经结束了。

---

1 这五个地区是纽约市的五大行政区。

也许这一切都是多余的,也许他们在漫漫长夜中一直在折磨自己,始终一无所获……

但他必须知道。他怎么知道?也许连这个女人都不知道,她听起来更像是家中的女佣或管家。

"他……他是个经纪人,是不是?股票经纪人……你知道,市场……"

"啊!他吗?"话里面有十五年被压抑的不满,一生郁积的仇恨浓缩在一个音节里。即使在他这一端的听筒也被这灼热的仇恨所软化,慢慢地融化成一块黏稠的钟乳石。"他倒是想呢。他是第二十街附近第十辖区的值班警察,他以后也就只有干这个,他那本事也就只能干这个,你也可以告诉他,是我这么说的!你告诉他时,叫他不要用那肥嘟嘟的嘴乱说话,经过每个啤酒店,他都会伸脚进去,只为了喝几口脏酒。有一次他是州长的私人保镖,有一次他是特勤局的,现在他是经纪人。我受够了各种醉鬼,整夜给我打电话……"

他把电话挂了,狠狠地在话机上戳了一下。

他不想再接近他们中的任何一个了,哪怕是在几英里外的电线上。这就是他做这件事的目的,远离他们。

他花了一分钟才缓过神来。但他必须继续前进,从那以后,他再也不想干了,但他不得不干。

接着是第六十街的。

这一次根本没有等待。即使是在这个时候，那个人一定是坐在电话旁边，或者就在几步远的地方等着。

那是一个年轻的声音，听起来大约二十岁，也许是因为那坦率的声音给人这个印象，有些声音永远不会长大。被压抑的不耐烦突然爆发了，不耐烦已经变成恐惧。它喘不过气，它迫不及待要发出声来。

电话是他打的，但是对方先说的话。好像在这特殊的时刻只可能有一个电话打进来，就是他在等的这个。对方的话盖住了奎因的开场白。只用半个耳朵听，就足以确定是阳刚的音色，仅此而已，这就足够了。

说话人声音的流动完全没有停顿。

"哦，碧克丝，我以为你不会给我打电话的！你怎么花了这么长时间？我已经在这里萎靡不振好几个小时了，我已经收拾好行李，就坐在我的东西上等着！我给你打了两三次电话，结果搞混了，他们好像不知道我的意思，是不是很荒谬？碧克丝，我担心了一两分钟，我忍不住，"那个声音自嘲道，"我所有的珠宝和一切……我该怎么办？后来我才想到，我一离开你就给他发了电报。我知道你告诉我不要，但这似乎是唯一公平的做法。所以现在我们必须继续进行……"

声音停止，显然对方察觉到了。他不知道是怎么回事，他没有发出任何声音，但对方突然就知道了。

"你不是他？"

那声音渐渐变弱，也许不是身体上的问题，但已经萎缩。

"很抱歉妨碍了你。我想要……我找亚瑟·霍姆斯。"

这声音现在变得毫无生气。那毫无生气的声音说："他在加拿大钓鱼。他上周二离开的，你可以打给他的时间在……"

"一周前的星期二？不要紧。"

"请下线，我在等一个电话。"

他下线了。

下一个是名字街。

接线员最后说："没人接电话。"

"继续努力。"

她继续连接。

连接声终于停了下来，他以为她已经放弃了。他花了一分钟才明白，她并没有放弃，而是因为有人接了电话，却并没有人说话。否则，如果接线员退出，他的五分硬币就会退出来。有人在听而不说话吗？有人有点害怕吗？

因此，单凭这一点，就已经开始有了吉兆。

双方都不说话。他等着看，总得有人让步。他先让步了。

"你好。"他轻声说。

另一端的人清了清嗓子。"嗯？"一个声音低沉地说。

这是个不错的开始，就像真事一样开始。他还不敢抱有希望，在此之前他已经失望过很多次了。

那是一个男人的声音，非常低沉，非常谨慎。甚至在说"嗯"的时候，也是警惕的。

"请问是亚瑟·霍姆斯先生吗？"

他得先稳住对方，确定是他，然后把他稳住。一旦他这么做了，他就不得不放松自己。

"你是谁？"

他没有承认自己是霍姆斯。奎因试图回避这个问题，认为他理应就是霍姆斯。

"霍姆斯先生，您不认识我……"

这个声音没有上当，"是谁要和霍姆斯先生说话？"

奎因又试了一次，"霍姆斯先生，您不认识的人。"

那个声音又避开了，"我没说我就是霍姆斯。我问你叫什么名字，除非你先告诉我你是谁，否则我无法告诉你是否能联系上他。很可能你联系不到，尤其是在这个时间。现在不要再占用我的时间了，除非你告诉我你是谁，你找霍姆斯先生想要干什么。"

这句"你想要干什么"是他一直在等待的。这给了他一个突破口。

"好吧，"他故作顺从地说，"我把两件事都告诉你。我叫奎因，一个陌生人，霍姆斯先生不认识我。我想要的是……我想退回一张属于霍姆斯先生的支票。"

那个声音很快地回答:"什么?什么支票?"

"我说,我有一张属于霍姆斯先生的支票。但我得知道我是否找对了人。这是与韦瑟比与多德证券公司有关的亚瑟·霍姆斯的住宅吗?"

"是的,"那个声音很快地说,"是的,这就是。"

"好吧,现在你能让我跟他谈谈吗?"

那声音只是犹豫了一下,很快又降低了点声调,平静地说:"我就是。"

奎因赢了第一轮。对方上钩了。从现在起不必担心失去他,现在要做的就是把他拉近一点。

奎因重复说过两遍的话:"我有一张属于你的支票。"他径直抛出线索,让那个人自己琢磨。

那声音听起来小心翼翼:"我不明白。如果你说我不认识你,你怎么会有我的支票?"声音加快了速度,"恐怕你弄错了。"

"我手里拿着支票,霍姆斯先生。"

声音颤抖着,又慢下来:"收款人是谁?"

"等一下。"出于艺术效果的考虑,奎因停了一会儿,好像在仔细端详。"史蒂芬·格雷夫斯。"他说,语调有点生硬,还大声读出来,与即兴讲话形成鲜明对比。他是有意识这么做的,在这个阶段,他想要传达自己得到这张支票是无意之举,而不是事先就有预谋。他们之间仍然有很多隔阂。

那人的声音像是哽住了，仿佛突然在主人的喉咙里打结了。他什么也没说，但声音还是冲破阻碍，从电话线另一端传了过来。

伙计他有罪吗？奎因一直在想，伙计他有罪吗？如果他在这种没见面的情况下吐露真相，你能想象……

喉咙里的结清掉了，声音突然又响起："胡说八道，我的支票没有给任何这样的人。听着，我的朋友，我不知道你在说什么，但我劝你不要……"

奎因保持语气平稳，没有生气，说道："如果你把我这张和你的存根比较一下，你会发现我说的是实话。右角的号码是二十，这是那本支票簿中的第二十张，它是从国家银行提款的，日期是八月二十四日，总共一万两千……"

听起来另一端的人好像在崩溃。不知什么东西空洞地敲了一下，仿佛话机从他手中滑落了，他不得不抓回来。

我逮到他了，奎因狂喜。噢，这次我肯定逮到他了。

他可以等待。从这一刻起，他要做的就是随机应变，使自己的反应符合此刻的情况。

"你怎么……你怎么弄到这张支票的？"

"我找到的。"奎因实事求是地说。

"你能……你能告诉我在哪儿找到的吗？"

这对他奏效了。他会很快地呼吸一次，然后他会忘记在接下来的两次或三次呼吸之间进行呼吸，随后他又会很快地再呼吸一次。奎因可以清楚地听到整个过程，就像他把听诊器而不是电话放在耳边一样。

"我是在出租车的座位上找到的。可能在我之前有人在黑暗中打开了钱包，支票滑了出来。"奎因要让他以为那人是格雷夫斯。

"你发现它时，谁和你在一起？"

"没有别人，只有我一个人。"

声音试图表示怀疑，想进一步探究，以找出他认为潜伏在表面之下的实情。"别跟我说这种话，实话说吧，谁和你在一起？"

"没有人。我跟你说，你没听说过有人会偶尔独自一人吗？好吧，我就是。"

那个声音想听到这样的回答。那个声音喜欢这样，他体会得到。

"你后来还给谁看过吗？从你发现它到现在，你有跟谁说过这事吗？"

"没有。"

"现在谁和你在一起？"

"没有人。"

"是什么让你想到凌晨四点半打电话给我？"

"我想你也许想把支票拿回去。"奎恩安详地说。

那个声音考虑到了这点。这并不是在跟他开玩笑，而是想给人一种深思熟虑、权衡问题的印象。对于这个建议好像有不止一种回答。"我先问你一件事。假设……这只是理论上的……假设我说不想要回来，它对我没有价值，那你会怎么处理？扔掉？"

"不，"奎因平静地说，"我可能会留着，去查收款人史蒂芬·格雷夫斯，看看我能不能找到他。"

如果之前还没有别的什么能让他动容，那现在有了，还有很多。奎因几乎能听到对方的心脏翻转和下坠，通过喉咙和电线一直传过来。

电话中顿了一下，有人介入。接线员说："你的五分钟到了，请再存五分钱。"意思是奎因的话费快用完了。

奎因低头看了一眼一直握在手里准备好的硬币，这原本就是为了防止谈话不成功。

他坚持了一会儿，想试试看。

那声音狂吼道："等一下！不管你做什么，都不要断线！"

奎因又丢了五分钱。咔嚓一声，他们继续通话。

我害怕失去他？奎恩想。他才害怕失去我。

那声音有些惊慌，它决定不要那么多伪装。"好吧，好吧，我……我想看看你手头的这张支票，"它投降道，"这对任何人都没有任何价值。它有个错误，而且……"

奎因把谜题给了他。"是银行退回的。"他直截了当地说。

那个声音吞下了这句话，是事实也是打比方。

"我问你——你说你叫弗林？"

"奎因，但这并没有什么区别。"

"说说你自己吧。你是谁？你是做什么的？"

"我不认为这与此有关。"

声音又问了："你结婚了吗？你要养家吗？"

奎因稍微迟疑了一下，认真想了想这个问题。他这样问是为了什么？想知道要花多少钱才能让我闭嘴吗？不，背后一定有更阴暗的目的。想知道如果我出了什么事，谁会想念我。

他能感觉到颈背上的头发有点紧。"我是单身，"他说，"我一个人住。"

"连室友都没有？"那个声音低沉。

"没有，完全是独狼。"

那个声音仔细考虑了一下，它嗅了嗅陷阱，慢慢靠近，伸手去抓鱼饵。奎因感觉到，主要的诱饵不再是支票本身，而是他的生活。

"好吧，听着，奎因。我想看看支票，也许我能为你做点什么。"

"很公平。"

"你现在在哪里？"

他不知道是否应该把实情告诉对方。他说："我在第五十九街。你知道第五十九街有个巴尔的摩餐厅吗？我在里面，在这说话。"

"我告诉你我会怎么做。你得给我一点时间穿衣服……你看，你打电话的时候我正在床上，我穿好衣服就出来。你去……我来看看……"声音试图想要解决一些问题，但不仅仅是为他们两个选择一个会面地点。奎因让对方安排，等着。"我告诉你，你去哥伦布环岛。你知道吧，在百老汇大街和中央公园西大道的交叉处，有个狭窄的三角形街区。那儿有一家有两个入口的咖啡厅，通宵营业。你进去后……你身上没带钱，是吗？"

"没带。"

"好的，你先进去吧，不管怎么说，他们不会打扰你的，就说你在等人。坐在紧靠百老汇一侧的窗边，我会在十五分钟内与你联系。"

奎因想：为什么要把我转移到另一个地方？为什么不在我现在这个地方见面？我猜，他是担心这里有圈套，我让其他人藏在暗处。奎因还注意到对方用的表达方式，他没有说"我会来见你"，他说的是"我会联系你的"。在他走近我之前，他要先对付我，好好地对付我，奎因对自己说。他在耍花招，但不管他耍得多高明，那也救不了他。我有那张支票，他必须要拿回去。哪怕我们整夜周旋，走遍整个纽约。

在奎因想来，自己需要装聋作哑。装傻，装作不知情。"好的。"他说。

"十五分钟。"那声音说。

谈话结束了。

奎因离开了电话机。他走进男厕所，把脚架在墙上，脱下了鞋。然后他把支票拿出来，另外用一张纸包起来，然后平放在鞋底，再把脚伸进去。他效仿的是格雷夫斯在夜总会收到纸条的做法。

他往外走，走向大街的途中，在放托盘和刀叉的架子旁停了一会儿。

除了他，这个地方没有其他顾客，柜台后面的服务员也没有看着他。他拿起其中一把镀铬刀，偷偷地用手指摸了摸刀刃。刀不太好，钝。但他必须带样东西，即使是出于道义防范而不是实际使用。他把刀裹在一张餐巾纸里，斜插在上衣内侧的口袋里。

他沿着公园的路走到哥伦布环岛，约定十五分钟到达，他用了十二分钟走到第二处。他坐在靠近百老汇街的窗边，等着。

这里从外面看得很清楚。例如，在中央公园西大道，如果你在黑暗中，无论是在人行道上，还是在靠近路边的汽车上，你都可以透过窗户往里看，穿过整个灯光照亮的地方，看到他坐着正漫不经心地看向外面。

奎因知道这点，知道这就是那个人选择这个地方的原因。

他朝那边望了一两次，远远地望着。有一次，他以为看见了一辆车黑暗模糊的影子，那辆车一直不动，直到他的眼睛看到它，才在黑暗中缓缓向前滑行。但它可能只是一辆合法路过的汽车，在接近环岛时停下来等待信号灯。

十五分钟过去了，十八分钟过去了，二十分钟过去了。

奎因开始感到不安。也许我把他想错了，也许他只是需要时间逃跑，也许他更害怕接近我，而不是拿不到支票。

是他，好吧，是他，现在也许我失手了，又失去了他。他的前额开始变湿，每次擦干，就又湿了。

收银台旁的电话突然响了。

他环顾四周，然后又把目光移开。

有人在敲玻璃杯。他又看了看四周，收银员正向他示意。

他走过去，收银员说："有人说想和一个靠窗独自坐着的人说话。听着，我这是收银台，照理不应该在这接电话……"收银员还是把电话递给了他。

是他。"你好，奎因？"

"是啊，你怎么了？"

"我在一个叫欧文家的地方等你。我在那边的酒吧，在第五十一街。"

"这么做是什么意思？是你告诉我先来这的，你想干什么，跟我兜圈子？"

"我知道，但是……你到我现在这个地方来。坐出租车吧，你来的时候我来付钱。"

"你确定这次不是在开玩笑吗？"

"我不是在开玩笑，我已经在这里等你了。"

"好吧，我来看看你是不是在开玩笑。"

04:27

布里基在那地方前面来回踱步,一只手包住拳头。他们再也不让她进去了,入口处的标志不见了,就连装满垃圾的垃圾桶都没了。最后一瓶酒喝完了,它已经死了。死了,但还没有僵硬,还只是在断气的过程中。每过几分钟,就会有一个孤独的身影出现,然后离开,一个在里面谋生的人。凌晨五点钟,这是夜总会员工的下午,其时钟与世界其他地方的时钟相反。

她一边踱步,搜集这个地方的信息,一边思考问题。今晚早些时候,一个身穿浅绿色长裙的红发女人递给格雷夫斯一张纸条。这就知道了地点和纸条。好吧,就知道这么多。现在来看看,要写那张便条，她首先需要一支铅笔和一张纸。这些都是她这类人一般不会随身携带的东西——她会用眼睛和臀部来传达大部分信息。也许这个人确实带了铅笔和纸，如果她有，那就是我的不幸。假设她没有，那样的话，她一定是从里面的人那儿借的。她不太可能打断舞池里的一个舞者，问"你能借我一支铅笔和一张纸吗？"她不太可能在其中一张桌子上跟一对或一群人搭讪，然后去问这个问题。还有谁？如果她坐在桌边，她旁边的侍者就会过来。如果她坐在吧台，那么酒吧后面有人，衣帽寄存处的女孩，或者是化妆室的服务员。

这样就把范围缩小到了在那里工作的人。

这就是我在这要做的事。

当他们一个接一个地走出来时，即使是穿着便服，布里基也能或多或少地认出他们。这个苗条小巧的美人，现在打扮得和她的顾客一样时髦，在这种地方只能是一个寄存处的姑娘。

当她感到布里基的手落在自己袖子上时，她突然停了下来，然后，当她发现抓住她手的竟然是一个女人时，脸上露出了大吃一惊的神情。她甚至一度显得有点害怕或内疚，就像一个害怕遭到报复的人，直到问题提出为止。

"不，在我的工作台正好相反，"她用婴儿般婉转的声音说，"我所知道的是，他们都用自己的铅笔。"她打开手提包，从里面翻出一大沓各式各样的卡片和写有姓名、地址、电话号码的纸片。

有一张掉了，她用脚把它推开。"别管了，"她说，"我已经受够了，不用了。"她把剩下的都收了起来，"没有女人向我借过铅笔，事实上我也没有一支铅笔可借。"她继续走在街上，小脚发出一阵吱吱声。

现在这个走出来的黑人女孩，同样时髦，只能是电力室的服务员。

"哪种铅笔？"她冷淡地回答，"眉笔吗？"

"不，普通的铅笔，那种你用来写字的铅笔。"

"他们不是来写信的，亲爱的，你弄错了。"

"可是，整个晚上都没有人来向你借过铅笔吗？"布里基坚持地问道。

"没有，这就是他们遗漏的一件事。想想看，这是我不能给的东西。你给了我一个主意，我想我明晚可以买一支，放在那里，也许会有人来借。"

接着，一个男人走了出来。

他停了下来，摇摇头说："不是在我的吧台。你最好问问弗兰克，他在另一边工作。"

另一个男人紧随其后。

"你是弗兰克？"

他停下来，微笑着，炽热的眼睛注视着她。"不，我是杰瑞，但我什么也没做。别让这个名字妨碍你。"

这一次她不得不走开，大约十码远，直到他走了，一个人都看不见。

但又有人出来了，走得很快。她不得不沿街跑才追上他。

"是的，我是弗兰克。"

"今晚有个女孩向你借铅笔了吗，在你的吧台？高个女孩，红头发，穿浅绿色裙子。哦，是挺久以前的事了，在晚上的早些时候，看看你是否还记得。有人借过吗？"

他点了点头。她明白了。"是的，"他说，"是有那样的人，我记得。那是十二点左右，是有这么个人。"

"可是你不知道她的名字？"

"不，我不知道。但我有个印象，她在附近的一个俱乐部里工作——"

"可你不知道是哪一个？"

"不知道。我这么说的唯一原因是我碰巧听到别人对她说：'你在这里干什么？你自己那地方结束了吗？'"

"可是你不知道……"

"我不知道她是谁，不知道她在哪里工作，也不知道她的其他情况。只是她问我借了一支铅笔，弯下腰，背过去胳膊动了几下，然后抬头把铅笔还给了我。"

他又在她身边停了一会儿。他们两人都没有别的话可说。

"希望我能帮助到你。"

"我也希望。"她无精打采地说。

他转身离开了。她站在那里，茫然地看着人行道。

这或许是她希望得到的最接近的结果。如此近却又如此远。

她抬起头。他第二次转身，回到她身边。

"你看起来挺忧虑。"

"非常。"她绝望地承认。

"给你支个招吧。我不知道你是否在俱乐部工作，但她们有些有趣的习惯。俱乐部打烊后，她们都在一家剧院的杂货店消磨时间。那些不知情的人，认为她们会跟着等在舞台后门的绅士们出去，参加香槟派对。嗯，虽然有些人有时候会，但大多数人大多数时候不会。你不相信吗？十有八九，她们像一群放学的孩子一样奔向那个地方。她们更喜欢那里，她们会聚在一起喝麦乳精，把头发披散下来。到那边去试一试，无论如何，非常值得一试。"

就是这个消息！她离开得太快，留弗兰克一人站在那里傻看着。她一路跑，这里离那儿只有几个街区远。

她们并没有像她期望的那样在喷泉前排成一排。也许是因为太晚了，大多数人已经解散，有三个人仍在远处徘徊。其中一个带着一只俄罗斯狼犬，她一定是在早上睡觉前带狗出来透透气。她们都围着狗，用盘子里的面包屑喂它，对它大呼小叫。它的主人穿一身"街头便装"，她把一件马球衫披在肩上，上衣下面露出一件闺房睡衣的下摆，没穿袜子露着脚踝，脚上穿一双便鞋。这三个人都不是红头发的。

她们抬起头来，注意力离开了狼犬，而迅速地落在了布里基身上。

"我猜她指的是琼尼。"其中一个说。她直呼其名，口气相当茫然。"你说的是谁？"

她自己都不知道，又怎么说呢？

她们似乎不知道她的姓。

一个人说："我在这里才认识她。"

另一个说："我也是。"

"她今晚没来，"第三个人补充道，"你为什么不去她住的旅馆看看呢？"它就离这不远。我想应该是叫康科德（Concord）或者康普顿（Compton）之类的。然后她补充道："我不知道她是否还在那里，但几天前她还在那里。我带斯大林锻炼，陪她走到门口。"

她们耸耸肩没再理她。她们的注意力又回到狼犬身上，因为这两件事比较起来，狼犬更吸引她们。

旅馆里到处都是阴暗的地方，专为玩牌的人、骗子和其他不可靠的人提供食宿。不过,这对她来说并不可怕。在过去的几年里，她每天晚上都会在舞池里遇到这种类型的人。她自信地走到桌子前，摆出不愿被拒绝的姿态。一个相貌凶恶的夜班职员，眼睛里蒙着一层东西，衣领一个星期都没换过，嘴里还带着一股酸臭的酒味，挪动了一下身子面对她。

她舒服地靠着桌子,一只手肘顶着桌子,轻松地说道:"你好!"他张大了嘴,露出两颗牙之间的空隙。可能是一种微笑。

她用空着的那只手把手提包带子的一端甩来甩去。先绕一圈,再绕另一圈。"我女朋友住在几号房间?"她漫不经心地问,眼睛盯着发霉的大厅对面。"我想跑上去一下,告诉她我忘了什么事。你知道的,琼妮,穿浅绿色裙子的那个。我刚在杂货店离开她,可是……"她窃笑一声,"这不能等,太好玩了。"她弯下腰,开心地拍了拍自己的大腿,"她会死吗!"她大声喊道。

"你说谁,琼·布里斯托尔?"他问道,带着茫然的神情,像是要让她分享一下这个笑话。

"是的,是的,是的。"她喋喋不休地说,好像这是理所当然的。她咯咯地笑着,戳了戳他的侧身:"过来,你想听点有趣的事吗?"她把头朝他耳朵低下来,好像要跟他私下说点什么似的。他顺从地歪着头。

突然,她改变了主意,表现出野女孩典型的反复无常,说道:"等一下,我想先告诉她。我下来再告诉你。"她离开了桌子一步,但还是先碰了碰他的下巴。"待在那儿,伙计,别走开。"接着,像是不经意地插了一句,她哈哈大笑地问另一件更重要的事情:"你再说一遍,是哪个房间?"

他上当了。她费了好大劲演这出戏,已经演不下去了。"409,甜心。"他和蔼地说。他甚至弄直了那皱巴巴的领带,沉浸在她营造出的短暂甜蜜心情中，这是无伤大雅的轻浮。

他朝那个破旧的总机方向迈出了一步，这显然也是他的职责之一。

"哦，别碰那个。"她粗鲁地叫道，朝他甩了甩手，"她不必对我摆架子。她在跟谁开玩笑吧？我知道她拖欠了两个星期的房租。"

他不那么爽快地大笑起来，放弃了打电话通知房客的心思。

她夸张地扭了扭屁股，走进了克利夫兰行政大楼的电梯，这个古老的装置开始吱吱嘎嘎地在她身下慢慢上升。固定门不是实心的，而是铁格子。当街道地面式的天花板降下来，她也消失在他的视线中，她脸上那股轻浮的笑容似乎随着自己的离开及时地擦掉了，就像一道缓缓落下的帘子从脸上掠过让她清醒，使她的脸色再次变暗以显严肃。

她和那个电梯操作员一起辛苦地向上爬了四层，像是爬不到头的蜗牛，然后他停下了机器，放她出来。他似乎打算等她回到那里，还站在那不动，所以她用一句俏皮话甩掉了他："没关系，我会在那儿待一段时间。"

他关上那扇摇摇晃晃的竖井门，一道光线不情愿地从玻璃上褪去，好像有东西慢慢被吸走了似的，留下了阴影，然后消失。

她转过身来，沿着一条发霉、昏暗的走廊走去，走廊上的地毯仍然紧紧黏在一起，完全是由于编织纹理稀疏所致。黑暗、隐蔽、诡秘的房门悄然而过，光是看一眼就足以让你毛骨悚然。所有的希望都从门上消失了，从那些进出的人身上消失了。在这座城市的巨大蜂窝中，只有一排堵塞的孔口。人类不应该进入这样的门，不应该留在门后面。这里没有月亮，没有星星，什么都没有。这里比坟墓还糟糕，因为人在坟墓里是没有知觉的。她想，上帝为我们所有的人安排了坟墓，但是上帝并没有在纽约市的一家三等旅馆里安排这样的洞穴。

这条走廊似乎很长，但也许是因为她在快速思考，思绪在疯狂地翻腾，而她的脚把她带向即将到来的决战。就在前面，在转弯处。

"我怎么进去？如果进去了，我怎么知道，我怎么知道她是不是杀了他？凶手不会告诉你这些事。一般来说，整个威严的纽约州都无法让这些话从他们的嘴里说出来，那么，我独自一人无人援助时该怎么才能做到？即使我做到了，我怎么才能把她从这一直带回东七十街，不引起大骚动，还不向警方求助，不把奎因牵扯进比他现在所遭遇的更麻烦的事情，不让我们俩被怀疑几天甚至几周？"

她不知道。她一点都不知道。她只知道自己在前进，没有退路。当她越来越靠近时，她只能祈求全城的人都给她一个友好的吉兆。

"哦，派拉蒙大街上的钟，我从这里看不见了，晚上快结束了，公共汽车快开走了。今晚让我回家吧。"

门上的号码越来越接近。这边6，那边7，这边8。然后是一个死角，走廊尽头是一扇门，最后一扇门与走廊成直角。409，就是它。它看上去那么中立，那么客观——然而那背后却潜藏着她未来的全部命运，她看不见它的形状。

她想着，在这块木板上，在这块又旧又暗又粗糙的大方木上，决定着我是重获新生，还是余生都在舞厅里做一只卑微的老鼠。为什么一扇门会对我有这么大的力量？

她低头看着自己的手背，好像在说："是你吗？哎呀，你刚才可真有胆量！"这只手就在那时敲了门，没有等她的身体反应。

她还来不及计划什么，来不及考虑开门时该怎么办，门就开了。她们站在那里，对视着，这个陌生的女人和她。那张冰冷但靓丽的脸，离她很近，近得都能看见脸上的毛孔，像细密的网。充满敌意、机警的眼睛，离得很近，她能看到那女人眼角红色的血丝。

她又想起格雷夫斯家楼上的大厅，回忆起她和奎因在黑暗中悄悄走过的情景，她不知不觉地明白，她一定又闻到了同样的香水味。这两种经历联系起来就全部指向了她，就是她做的。

眼神已经变了。事情发展得极快，敌对的警惕已经成为公开的挑战。她们之间响起沙哑的声音，不让谁随便玩弄的声音。

"说吧，来做什么？是来借杯糖还是敲错了门？这里有什么你特别需要的吗？"

布里基轻声回答："是的，有。"

她一定是在开门之前吸了一口烟，一直含在嘴里说话，现在她的鼻孔里突然冒出两股恶意的浓烟。她看起来像撒旦，就像一个应该远离的人。她的胳膊弯了一下,当着布里基的面想猛地关门。

布里基想转身飞快地离开。天知道她有多么想转身离开那里,但她不让自己这样做。她知道她会进去的,即使这会毁了自己。那扇门必须开着。

她用脚和胳膊顶住了门。

那女人的嘴像是一道白色伤疤,发出威胁的气息。"手脚放开,别挡道。"她用一种慢吞吞的咆哮声警告道。

"我们彼此不认识,"布里基用她在舞厅里最沙哑的声音说,"但我们有一个共同的朋友,所以我们就扯平了。"

这个叫布里斯托尔的女人把头向上一仰。"等一下,你是谁?我这辈子从没见过你。你说的朋友是什么意思?"

"我说的是史蒂芬·格雷夫斯先生。"

布里斯托尔的脸霎时变得惨白,闪过一丝惊恐。但布里基意识到,即使她只是试图敲诈格雷夫斯,然后又离开了那里,没做任何其他事,她可能也会有同样的反应。

到现在,在她身后的一排背景墙上,还隐约可见一个轮廓模糊的影子。印刻得不是很清晰,只是光线从房间的一侧照射过来时,遇到一些障碍物留下的微弱痕迹。这个影子现在很巧妙地移动着,侧身一滑,消失了——仿佛是什么东西改变了它的位置,它在隐藏自己。

那女人菜籽似的眼珠,也向右边那个方向短暂地一瞥,然后马上又直起了身子，仿佛刚收到某种难以觉察的与她自身相协调的信号。她绷着脸，带着威胁的口气说："就让你进来一会儿，让我听听你在想什么。"她把门拉开了些。这样做并不是出于好意，而是带着一种命令式的催促，仿佛在说：要么你自己进来，要么我伸手把你拉进来。

有那么一会儿，布里基成了自由人，门厅畅通无阻地伸展着。她想："我要进去。我希望我可以活着离开这里。"她进去了。

她慢慢地从那个女人身边走过，走进一个俗气、烟味浓烈的房间。在她身后，门砰的一声撞回门框里，似乎注定要永远这样。一把钥匙转了两次，一次对着锁转动，第二次对着锁孔拔出。

她把我锁在这里了。我现在必须留下来获得胜利，我不能再出去了。

战斗开始了。在这场战斗中，她唯一的武器就是她的智慧、她的勇气，以及女性的直觉，即使是一个小小的舞蹈演员也从不缺乏这种直觉。她知道，从这一刻起，她在周围投下的每一个含蓄的目光，每一个细微的举动，都必须加以考虑，因为不会有人怜悯，不会再有第二次机会。

房间里显然是空的。当她刚看到一扇可能是浴室的门时，它已经被牢牢地关上了。但是门把手刚刚停止转动，还没有完全落下。如果她看上去知道的不多，门就会一直那样，不会再开了。但是，如果她知道得太多……这里有她要的线索，如何弄清楚这里有什么是需要被知道的，有多少是需要被知道的，那扇门会告诉她。她已经有了衡量自己行动的标准。

再看别处，破旧写字台的抽屉又窄又长，参差不齐，好像刚被掏空似的。床脚的地板上放着一个格莱斯顿旅行包，包已经被装满了，随时可以拎走。许多东西散落在写字台上，好像房间的主人进来时有些慌乱，把东西扔了下来。有一个女人的手提包，一副手套，一条皱巴巴的手帕。手提包敞开着，好像有只手急躁地伸进去找什么东西，却因为太匆忙而没有再合上。

布里斯托尔悄悄跟在布里基后面走了进来，偷偷地用脚底磨着什么东西，但过了一会儿，当她转身面对布里基时，手指间又夹着一支抽了一半的香烟。布里基假装没有注意到这支香烟刚才还在桌边上冒着烟。男人通常将香烟平衡放在桌子的边缘或其他光滑的表面，而女人很少这样做。

这动作真是多余。刚才门把手的转动，墙上淡影的移动，足以告诉她所需要知道的一切。这里有三个人。

琼·布里斯托尔抽出一把椅子，调整了一下，又把它转个弯，使椅背对着那扇关着的门。然后她说道："请坐。"即使布里基想坐到别的地方去，她也占住了剩下的一把椅子，让布里基只能坐在这。她低下身来，好像坐在盘绕的弹簧上随时准备弹开。

她润了润粗糙的嘴唇，"你再说一遍你叫什么名字？"

"我没说，但你可以把我当成卡罗琳·米勒。"

对方露出不相信的微笑，但从容地接受了。"所以你认识一个叫格雷夫斯的人，是吗？告诉我，你凭什么认为我认识他？他跟你提过我吗？"

"不，"布里基说，"他没有提到任何人。"

"那你凭什么认为是我？"

这完全是重复，布里基想忽视这一点。"你认识他，不是吗？"

琼·布里斯托尔又舔了舔抹着口红的嘴唇，思索着，"告诉我，你最近去看过他了吗？"

"前不久。"

"多久？"

布里基用满不在乎的口气狡黠地说："我刚从那里来。"

叫布里斯托尔的女人内心十分紧张，从外表就可以很容易地看出。她的目光越过布里基的肩膀，投向某个不确定的地方，似乎在绝望地寻求进一步的指引。布里基小心翼翼地避免顺着她的眼神回头去看。反正那里除了一扇门什么也没有。

"你怎么找到他的？"

"他死了。"布里基平静地说。

叫布里斯托尔的女人没有表现出应有的惊讶。她表现出一种意外，但这是一种报复的、恶意的意外，而不是惊吓。换句话说，让人吃惊的不是消息本身，而是消息的来源。

她没有马上回答。她显然是想和刚才墙上的影子"商量"一下，或者那人在这么做。从紧闭的门后某处的水龙头里喷出了一小股水,流了一会儿,然后又迅速关了,这就是产生这种效果的信号。

"失陪一下,"她说着站了起来,"我一定是忘记关水龙头了。"

她侧身绕过为布里基精心摆放的椅子,溜进浴室,但门开得不够大,里面什么也看不见。她随手关了门,这样布里基就不能回头往里看了。

她自己也给了布里基这个机会。如果能发现什么,就趁这个机会去发现。只有三十秒可以用。因为这个时间里,有人会低声指示接下来该如何行动。后面将不再有机会。她身后的门把手还没落下,她就从椅子上站了起来。她只有时间去做一件事。她注意到放在梳妆台上打开的那个手提包,这个很显眼。更重要的是,这是她在有限的时间和空间内唯一可以碰到的东西。抽屉大概是空的,它们的状况暗示了这一点。格莱斯顿包大概已经被锁上了,看着包鼓鼓的。

她飞快地穿过房间的中间,手瞄准那只张开的袋子,伸进去。她知道无法预料是否能有确凿的证据。这要求太高了,但可能真的会有什么。结果什么也没有,口红、粉盒、一般的杂物。有纸在侧边口袋里噼啪作响,她用手指狠狠地探着。她急忙把纸抽出来,猛地打开,眼睛飞快地扫视着。还是什么都没有。一张 17.89 美元的未付旅馆账单,属于他们现在住的这个地方,可能是一个男人留在这的。可它有什么价值?这似乎和她来这里要追查的事没有关系。

然而，一种无法解释的本能向她喊道："抓住它。它可能会派上用场。"她又猛地坐回原来的座位上，动了一下她的一只长袜，那账单就不见了。

不一会儿，门又开了，叫布里斯托尔的女人又出来了，她已经获得指令。她坐了下来，眼睛盯着布里基，显然是为了不走神。

"你一个人去格雷夫斯那儿做什么？还有谁和你一起？"

布里基会意地给对方一种成年人的眼神。"当然。你不会以为我会在这种时候带我奶奶一起去吧？"

对方得到了她想要的东西。"哦，那样的时候，就这样。"

"就是这样。"

"嗯，呃……"她又咬了咬嘴唇上的口红，说道，"有人在门口拦住你，告诉你，然后你就发现了吗？是不是外面有警察，周围有很多人，大家都很激动，你就知道他死了？"

布里基仅凭直觉回答这些问题。她自己都不知道答案会怎么出来，就像在走钢丝——没有平衡杆，也没有安全网。

"没有，周围一个人也没有，还没有人知道。想想我会走进去吗？我想我是第一个发现的。知道吗，我有一把房子的钥匙，他给我的。我走进去，所有的灯都没开。我想他可能还没到家，所以我要等他。我一上去，就看到他躺在那儿，被枪打死了。"

琼·布里斯托尔揉着双手，对布里基的叙述充满了狂热的兴趣。

"那你怎么办？我想你马上就明白了，大声惊呼，把他们都引来了。"

装作暗娼的布里基坐在椅子上，又给了她一个世故的眼色。"你以为我是什么，傻瓜吗？我很快就明白发生了什么事，但我不动声色。我熄了灯，随手锁上了门，离开了那个地方。妹妹，我一个字也没说。你以为我想掺和进去吗？我就做了这些事。"

"你是什么时候到那的？"

"就在刚才。"

"那么我想还没有人知道，除了你……"

"你和我。"

她身后有点动静。空气可能稍微搅动了一下，可能是什么东西嘎吱作响。

"你是一个人来的吗？"

"当然。我做的每件事，都是我一个人做的，还能有谁？"

梳妆台上的镜子斜向她，让她看到身后那扇门的铰链端在慢慢地向外弯曲。镜面不够宽，不能照到另一端，有人转动的那一端，也无法让她看到是有人在开门。

她没有时间回头。她只来得及想了想：门在我身后开了。有人要……这表明是他们干的。我中了头彩。我的线索有用，奎因的线索无效。

知道这点现在对她没有任何好处。这是她要找的，她马上就要得到了。

布里斯托尔又问了她一个问题，更多的是为了让她放松警惕，而不是因为需要得到答案。"你怎么会把我扯进去？你从哪知道要来这弄清楚？"

她不必担心问题的答案，没人期待答案。无须她进一步的帮助，两个人和两个人已经很成功地结合起来。

突然，有样东西，厚实而粗糙，上面布满了细小的疙瘩，从后面覆盖住了她的脸。她无暇辨认那到底是什么，很可能是一条被卷成绷带的土耳其浴巾。她像被电击般站起来，一只手被抓到身后，手腕被人牢牢抓住。叫布里斯托尔的女人与她同时跳了起来，抓住了她的另一只手。两个人将她的双手在她背后交叉，用一条又长又细的东西，也许是拆掉的枕头套或亚麻面巾，紧紧地绑住。

她一时喘不过气来，粗糙的毛巾遮住了她的整张脸。她当时有个可怕的念头，自己快窒息而死了……但她隐约意识到，如果他们想让她死，就不会这么费事，还特意去绑住她的手。光是这么一想，她也就没发疯似的挣扎，那样反而可能显得自己企图逃走，就像以前在无数案件中所发生的那样。

然后一只粗糙的手在毛巾上摸索了一会儿，把毛巾往下拉了半张脸，使她的眼睛和鼻孔都露了出来。毛巾剩下的部分绑得比刚才整条要紧得多，她后脑勺有一种压迫感，仿佛整个头骨都要被压碎。但至少现在空气可以进入肺部，缓解了已经开始的剧烈咳嗽。

当她可以看清楚时，布里斯托尔仍然站在她眼前，对着背后一个看不见的人说话："小心她的嘴，格里夫。透过这些墙，什么都能听到。"

一个男人的声音咆哮道："抓住她的脚——高跟鞋把我的小腿都戳破了。"

那女人蹲下看不见了——雪白的毛巾像幕布挡住了她的视线，她看不见下面——布里基觉得自己的脚踝撞在了一起，一些更细的带子灵巧地来回缠绕，把脚踝绑在一起。她成了一捆束手无策的东西，两头都被捆着。

琼·布里斯托尔又出现了。"现在怎么办？"她问。

男人的声音说："你不觉得我们应该……"他没有说完。布里基通过女人脸上突然绷紧的表情，间接地明白了他没说完的意思。她的血液瞬间变冷。他平静地说了这句话，仿佛他们在谈论拉低灯罩或关掉电灯。

那女人害怕起来。不是为了布里基，只是为了他们自己。不管这男人是谁，她一定比任何人都了解他，她知道他做这事有多在行。

"不要在这个房间和我们一起，格里夫，"她忧郁地说，"他们知道我们在这个房间里。求你了！"

"不，你不懂我的意思，"他实际上是在争辩，"我不是指杀人之类的事。"他走到窗前，小心地把窗扇拉起，好像那些善于家中杂活的人，暗示做些改变。对面的空白砖墙上露出一小块灯照光斑。他把头向前探了一下，思索地向下看了看。然后他转过身来，轻声地对那个女人说:"四层楼应该够了。"

他用一只手意味深长地打着手势,"我们三个人在这里喝酒,她走到窗户边,试着打开窗户,让一点空气进来,窗户卡住了……类似这种情况会发生多少次?"

布里基的心像喷灯一样在胸口燃烧。

"是的,但总会有人跟进的。这次对我们没好处,格里夫。我们会困在这里好几个小时,回答警察各种各样的问题,他们可能追查之前的事……在你不知不觉中,就会有其他事情发生。"

她朝他瞟了一眼,虽然是只有他俩能懂的眼神,但在场的三个人都明白这种表情。

"我们该怎么办,把她留在这里?"他咆哮道。

布里斯托尔心不在焉地用手指梳理头发。"看看你现在给我们带来的麻烦,"她抱怨地嘟囔着,"你到底做了什么……"

"闭嘴。"那人冷酷地回答。

"她已经知道了。你想是什么把她带到这儿来的?"

"那你为什么一开始不按照你的本意处理呢?"

"我对付不了他,他失去了控制。我只是下楼走到门口,让你进来,以为你可以吓吓他,让他照办。那并不意味着你得干掉他!"

"当时他那样抓住它,你想让我怎么做,让他把它从我手里夺走?你看到发生了什么。为了自卫,我不得不把他压制住。不管怎样,现在谈有什么用呢?事情搞砸了,损害就造成了。我们现在要考虑的就是这种转变,我仍然认为明智的做法是……"

"不,我告诉你,格里夫,不行!这么做愚蠢、不明智。我们走后让她闹去吧,她不过说些不利于我们的话。她也上去了,不是吗?她也可能像我们一样做了同样的事。我们离开这里……"

他猛地打开房间另一边临近的一扇门,往里看。"这个怎么样?把她塞进这里,把钥匙丢掉。这边背靠着一堵死墙,所以谁也听不到她的声音。这应该是个很好的开始。过几天他们才能砸开这扇门……"

他们拖着布里基走向那个房间,她的腿在后面。他们把她塞进去,就像塞进一个防蛀的衣袋。

"最好把她拴在什么东西上,"他说,"否则她会用整个身体撞门的。"他用布条做了一个吊带,从她腋下穿过,绕在她背后的一个衣钩上。她身子直立着,无法从小屋的后墙移开,脚搁在地板上。

那个女人说:"她在这里能呼吸吗?万一他们需要些时间来……"

他冷漠地回答:"我不知道,她等下应该会被发现的,然后告诉我们。"

他们把她关在门外,突然一片黑暗把一切都吞没了。钥匙被拿走了,那把他们准备扔到外面某处的钥匙。有那么一两分钟,布里基还能听见他们进门的声音,他们正在为离开做最后的准备。

"有袋子吗?"

"那下面柜台的那个服务员怎么办？他一定是看见她到这儿来的。"

"我能轻松应对。我今天下午买的那品脱黑麦酒在哪儿？我要隔着桌子跟他说再见。他总是躲在信箱后面拍照。他在后面的时候，你就躲起来，假装这女人和你在一起，跟你说话什么的。"

"那电梯上的操作员怎么办？"

"我们走楼梯。我们已经这么做过好几次了，每当我们厌烦了等他上来，不是吗？电梯按钮不好用，就是这样。他没听见我们在按。来吧，准备好了吗？"

"嘿，我还没付酒店账单。我们得先把账结清才能离开这里。它一定是掉在房间的地板上了……"

"现在不找也没关系，让它去吧。他可以在下面柜台给我重新写一张……"

外面的门关上了，他们离开了。

05：00

奎因坐出租车去到第三个地方，也是最后一个地方，他认为自己明白了这一切复杂动作背后的原因。霍姆斯不想走进陷阱。因此，为了避免出现这种情况，他首先把奎因从原来的位置移到了第二个地方。他在那里仔细观察，但是仍然没有绝对的证据表明奎因是一个人，即使看起来是，他还是把约会地点改到第三个地方。这使他有机会成为最先到达的那个人，从而确定周围无害。为了安置同伙，奎因必须在潜在猎物的眼皮底下进行。

奎因只用了七八分钟就到了那儿。这个欧文家很像二十年前的老式地下酒吧，在一栋褐砂石建筑的底层，要从地下室进去。它有一个霓虹灯招牌,现在已经超过了法定的歇业时间,但酒吧还没有歇业。大多数人也都出来了,但他还是跳下出租车,走了进去。

有一个人独自坐在小包间,面对着前面。他的鬓发银白,但头顶仍是黑发。他戴着一副无框眼镜,看着表情沉静,但在早上五点左右一个人坐在小酒馆里显得太沉静了。他看上去更像那种在家里灯下打着瞌睡看报纸,而且会在十一点前就入睡的人。他穿着一套浅灰色的西装,一顶浅灰色的帽子挂在他桌子上方的墙壁挂钩上。他的手半握着一只高脚杯,另一只高脚杯单独放在桌子的对面。

奎因进来时,那男人悄悄地把一根手指向上指了指,然后又把手放回了桌子上。

奎因走过去,站在那里低头看着他。他坐着抬头看。

有一种奇怪的停顿,一种无言的凝视,由于彼此的接近而变得怪异。

坐在桌边的那个人先开口了。

"我想你就是奎因吧。"

"我是奎因,那么你是霍姆斯了。"

"你的计程车费是多少?"

"六十美分。"

"给你钱。"他让硬币从手指末端的缝中流出,就好像零钱是流动的一样。

奎因一会儿又回来了。那人没有动,还那样坐着。奎因仍旧停在刚才站的地方,桌子边上。

霍姆斯稍稍指了指对面的木板座位,说道:"坐下。"

奎因犹豫地坐了下来,离墙相当远。

他们又互相看了看,二十出头的年轻人,和四十多岁甚至五十多岁的人。霍姆斯年纪更大,也更有经验。这点几乎立刻就能显现出来。他更能掌控局势,即使是这种本应对他不利的情况,即使是站在正道一边的美德,也无法弥补经验的不足。

"这是给你喝的,"他说,"我得提前点餐,这样我才能留在这里,过了关门时间了。"

奎因想了想,但并没有太在意,"如果他在里面放了什么东西,那就有趣了。"不过那是 1910 年的事。奎因没当真。

霍姆斯几乎已经看穿了他的心思,说道:"那就喝我的吧,我的还没喝。"他把另一只杯子从奎因面前拿开,歪到唇边,深深地喝了一口。

"只要你说。"他讽刺地说。

奎因偷偷地环顾四周,心想:"我在这地方唬不住他,我和他在一起做不了什么。我不应该让他挑选场地的。"

霍姆斯似乎又一次看透了他的心思。"你想去车上吗?"

"我不知道你有车。你为什么不一开始就接我到第一个地方,而是让我跑来跑去呢?"

"我想先跟你取得联系。我不知道我面对的是什么。"

你还是不知道,奎因痛苦地想。

霍姆斯喝干了杯里的酒,站了起来,取下浅灰色的帽子,戴在头上,非常小心地仔细地调整着,仿佛他是在午后离开一个商务午宴,而不是在破晓时分被迫约会。他戴着帽子,看上去不那么稳重了,但也就那么一点儿,他俨然仍是一个庄重、严肃、虔诚的商人。他向门口走去,手里紧握着看不见的缰绳掌控局面。

奎因站起来,跟在他后面走了几步,酒放着没喝。然后他回头看了一眼,他想,我可能需要喝点,来应付即将到来的事情,我觉得心里有点不舒服。他走回到桌边,喝了两三大口,然后跟在霍姆斯后面出去。他很快就感觉好多了,能更好地应对他即将陷入的局面。

汽车就在几扇门之后。霍姆斯已经站在车边等着,指给他看。

"我不是故意催你的。"他彬彬有礼地说,并示意他上车。

奎因慢慢挪动,然后简要地问:"你要去哪儿?"

"我想,只是随便走走。这个时候我们不能坐在路边谈,会被警察发现,他会过来盘问的。"

"这有什么问题?"奎因打断了他的话。

霍姆斯温文尔雅地说:"我不知道,你呢?"

"我在问你。"奎因说。

霍姆斯对着迎面而来的保险杠前的沥青路面笑了笑,好像发现了什么有趣的东西。然而什么都没有，它就像所有其他的沥青路面。

汽车慢慢向西驶去，只能这样，第五十一街是西行的。他们谁也没说什么。奎因想：我让他先说吧，我为什么要让他好过点呢？他迟早要开始说的。这出戏是他演的，我随身带着他的监禁和死刑传票——应该是吧。但无论霍姆斯是怎么想的，他都锁在脑子里，他的脸没有表现出来。

他驱车把他们往北带到第六街。他们经过第六街，然后随机地又向东穿过一条偶数街道。这是随意的，奎因可以从他在最后一刻突然转动的方向盘看出。他们径直穿过第一大道，再往北走一段。最后他似乎做出了决定。他在一条变成斜坡的街道上拐了个弯，从东河大道往下，最后靠在河边，在一个有点像登陆台或停机坪的地方，那里没有任何防水壁来保护，就在汹涌起伏的漆黑河水之上。

他在汽车前轮胎紧贴着低石路缘后才停下来。

奎因保持沉默。他想，你的游戏两个人可以玩。

霍姆斯关掉了引擎，关掉了前灯。

水面银光闪闪，但车仍然在那里。他们每呼吸一次都能闻到车的味道，间或还能听到它时不时发出一点咯咯的声音，就像一个很小的婴儿。

"你很靠近路缘了，是吗？"奎因说。

"轮子卡住了。你不紧张吧？"

奎因直截了当地说："我不紧张，我应该紧张吗？"

霍姆斯把头稍稍侧过。

"你为什么看手表？"

"我想知道你多久前在欧文家见的我。"

奎因说："二十分钟前，现在一切都应该结束了。"

"会的。你带了那张支票吗？你要多少钱？"

事情有点不对劲，奎因想。是我处理的方式不对，现在的情形有问题。我想知道他是如何占了上风，在什么时候？

他紧紧捏了一下鼻梁。

霍姆斯弓着背向前走着，双手紧贴着仪表板上的灯，发出像纸一样的声音。"这是两百美元，"他说，"现在把支票给我。"

奎因没有回答。

霍姆斯转过身来看着他，"两百五十美元。"

奎因还是没有回答。

"你要多少钱？"

现在轮到自己了。奎因的语气很慢很平静："你凭什么认为我要钱？"

霍姆斯只是看着他。

"这就是我想要的：我想要一份你今晚杀了史蒂芬·格雷夫斯的书面供词。如果你不给我，我就把你和支票都交给警察。"

霍姆斯的下颌试图贴紧上颌，接着又松了下来。"不，等等，"

他说了好几遍,"不,等等……"

"霍姆斯先生,你今晚不在那儿吗?"

霍姆斯下颌突然夹紧,不再松垮,紧得一句话都说不出来。

"他已经死了,你就是凶手。你不会真的以为那张支票遗落在城里四处跑动的出租车上,被我发现了吧?你猜我在哪儿找到的?就在我发现史蒂芬·格雷夫斯的尸体横躺着的地方!"

"你在撒谎。想骗我说出你可能不知道的事情。"

"我在那儿。"

"你在那儿?你撒谎。"

"你和他面对面坐在那两张皮椅上,在二楼的那个房间,那个在后面的书房。他喝了酒,但没给你。他抽了雪茄,但没给你。你把自己的雪茄嚼烂了。我甚至可以告诉你那是什么雪茄烟,皇冠(Corona)。我甚至说得出你穿了什么,你穿了一套棕色的西装。虽然你这次穿了一套灰色的西装出来见我,但你当时穿了一套棕色的,你的左袖还少了半粒纽扣。没关系,你的手不用急着缩回去,就这样,抓住这件衣服的袖口。反正我知道了,你手缩回去也没用。我在撒谎吗?你相信我在那儿吗?现在你相信我看见他死了,相信我知道是你杀了他吗?"

霍姆斯没有回答。他又转过头去。

"别看表了。你的手表救不了你。"

霍姆斯把它收起来。他终于开口了:"不,我的表可以。你只是个孩子，不是吗？天啊，我真为你感到难过，孩子。我不知道你这么年轻，电话里也是一样。"

奎因眨了眨眼睛。

"你的眼睛很不舒服，是不是？仪表板上的灯周围有圈圈，是吗？就像巨大的肥皂泡，就这样。"

"就怎样？"

"瞧，你说得太多了，你说的这些会断送你的性命。如果你闭上嘴，我真的会相信你是在出租车上找到了那张支票，你会睡在这车里。如果没有这张支票，几小时后你就会在河边醒来，但别无伤害。也许你的口袋里还会有一张十美元的钞票来掩饰你的经历。头太重了，是吗？对你的脖子来说太重了。它不停下垂，就好像是由坚固的岩石构成。"

奎因突然觉得困乏，又克制住了。

霍姆斯微微一笑，一副傲慢的样子，"如果你坚持用自己的高脚杯，这就不会发生在你身上，你会没事的。你很多疑，但还不够多疑。你拿错杯子了，拿成了我的。我是个棋手，你显然不是。国际象棋的精髓就是要在你的对手行动之前知道他的行动。"

他停下来又看了奎因几眼。"领带太紧了？好的，把结拉下来。把你衬衫的领口也打开。但没什么用，是吗？这样做并不能阻止困意。你要睡觉了，就在车里。然后你会到河里，你身上不会有任何痕迹。别担心，我会在你睡着之前把支票拿走的。我会找到的，在你身上。如果你身上没带着它,你就一无所获了。可能是卡在你鞋子里了,你这类年轻人会认为藏在这很聪明。"

奎因把自己从座位上扯下来,仿佛是要扯掉把自己绑在座位上的线,他用手抓住门上的扣子,不由得倒下,向前摔倒。霍姆斯用一只胳膊搂住他的肚子,把他从地上拽起来,就像拉起沉重的袋子一样把他拉回到座位上。

"想下去有什么好处?即使你真的出去了,你也可能再也站不起来了。你只会倒在外面的地上。"

奎因的一条腿屈伸了几次,试图抬起来。

霍姆斯转动小把手,把那边的窗户拉下来。"想踢碎玻璃出去?你根本没力气踢……"他突然转身抓住奎因挥舞的手,"你有什么?一把餐刀?你能用它做什么?你看,我能轻易地把它从你身边扭开。你就要沉睡不醒了。"

他把餐刀从侧面的窗口向前扔出去。"你现在听到水溅起来的声音了吗?那是我们前面的水,就是你看到的那条黑线,就在轮毂盖上。"

他一只胳膊靠在车的侧面,耐心地等着,奎因被按在车后座动弹不得。从后者的喉咙深处,隐隐传来一种徒劳的呜咽声。

"现在你完全不能动了,是吗?是的,你的手懒洋洋地挥着,就像在挥走蚊蚋。这就是你所能做的,再过一分钟你连这也做不到。看你的眼睛,向下……向下……向下……"

不管怎样，我发现了一件事，奎因迷迷糊糊地想着。我的方向是对的，但我发现得太晚了……

"你逃不掉的，先生，"他最后一次低下头，神志不清地嘟囔着，"布里基知道。我们是两个人，不是一个……"

05:21

布里基在黑暗中无助地倚在那里。他们现在绝对赶不上那班公共汽车了。可怜的奎因会在格雷夫斯的房子里等她,陪着死者直到天明。到后来有人在那里遇见他,报了警,警察会因此逮捕他。一切就此结束,他永远无法洗脱罪名。毕竟,这个叫布里斯托尔的女人和她的伴侣在那里留下的东西,远不及他那个破墙保险箱的一半有罪。她以后可以随心所欲地指控他们——也就是说,如果她能在这堵墙里活下来的话——但这也于事无补。她并不是他第一次进来时的目击者,直到后来她才看见他。她的话毫无价值。

宝贵的时间一分一秒地过去了。这几分钟里她的心脏在滴血。

现在一定五点半了。最迟再过十分钟,她和奎因就该动身去公共汽车终点站了。现在机会十分渺茫。她原本就知道这个城市会比他们聪明,它向来如此。只是一个小镇男孩和一个小镇女孩——他们对抗这样一个对手有什么胜算?奎因会逆流而上直到坐上电椅。她会在重复单调的生活中变成一个冷酷无情的链舞者,没有心,没有希望,甚至不再有梦想。

宝贵的时间一分一秒地过去,无法停止,也无法再被唤回。

突然,外面的另一扇门又开了,有人再次进来了。刹那间,她脑子里闪过了疯狂的希望。啊,拍摄结束,结局圆满,像在故事书里,像在电影里!在紧要关头有人来救她。醉醺醺的酒店职员上来调查,因为当他们离开时,她没有出现引起了他的怀疑。或者奎因自己,被神奇的第六感吸引到了这里……

然后一个声音说话了,带着压抑的愤怒,她的希望又破灭了。是格里夫·布里斯托尔的同谋。他们两个又回来了。也许要在此时此地,当场了结她。

"你为什么不早点想到这点呢,你这个笨蛋?怎么了,你的脑子短路了?"

"我现在就去问她,"布里斯托尔的声音冷酷地回答他,"本来刚开始我就想问的,只是你从那里出来得太快了。一定有什么暗中指引她找到我。她肯定不是从魔术帽里把我的名字和地址给变出来的……"

壁橱的门打开了，耀眼的光线洒在她身上，她闭上了眼睛。她意识到自己从那紧紧钩住她的钩子上松了下来。她又被拖到他们两人之间的空地上。塞住嘴的毛巾放得足够低，使她能说话。

琼·布里斯托尔举起手背，威胁地指着布里基的嘴唇，准备随时挥手，把她嘴唇压平。"现在你敢尖叫，我就抽你！"

即使她想叫，也做不到。她所能做的只是气喘吁吁，无精打采地靠在那个扶着她的男人身上。

布里斯托尔举起一只手去抓她的头发，转了半圈，然后将她的头向后拉紧。"现在，少废话。我想知道的是：到底格雷夫斯那儿发生了什么事让你盯上我？你怎么知道我认识他，你怎么知道在哪能找到我？你要不说，我要继续让你吃苦头，直到你告诉我实话！"

布里基用低沉但毫不迟疑的声音回答："你把旅馆账单掉在那边了。我发现账单和他一起在地上。"

猛地响起一巴掌，听起来就像一个装满水的纸袋从三楼的窗户掉了下去，但不是布里斯托尔打布里基，而是布里斯托尔的队友打她。布里斯托尔跟跟跄跄地走了五六步，脱离他们。

他勃然大怒："为什么，你……我早知道你会做这种事！这就像把你的名片留在他的背心口袋里一样！我要把你全身打烂！"

"她在说谎！"琼·布里斯托尔尖叫着，一边的脸慢慢地变红，就像湿疹一样。"我敢发誓，我回到这里以后，我还看见它在我的手提包里！"

"你拿出来给他看了吗？回答我！是吗？是或不是？"

"是的，我确实……我……你知道，作为债务积累的一部分，我想让他知道我是多么需要钱。那是开始的时候，在他变得强硬之前。但我知道我又把它放回去了，格里夫！我知道我把它带回来了！"

布里基费力地摇摇头，那男人像大蟒蛇一样抓着她。"它掉了出来。金额是 17.89 美元，上面用紫色墨水印着'过期'字样，上面甚至还有你的房间号。"

他狠狠地摇了她一下，"你把账单带来了吗？你想用它做什么？它在哪里？"

"我把它留在原地了，我什么都不敢碰。我把一切都照我发现时的样子留在那儿。"

布里斯托尔再次靠近，刚才惩罚性一击的剧痛现在明显减轻了。"别相信她的话，她可能带来了。搜搜看是不是在她身上。"

"你来搜，你是女人。你应该知道在哪里，我抓着她。"

她的手开始迅速而彻底地搜索。她差一点儿就要摸到了，但布里基的两条腿被紧紧地绑在一起。她紧紧地并拢双腿，那账单就在她一只袜子的上部，在身体内侧。布里斯托尔的手指摸遍了两条腿的外侧。

"她身上没有。"

"那我们就得回去把它找回来！我们不能把它留在那儿,这是一个确凿的证据。你这个笨蛋,我应该扭歪你的脖子！"

他的搭档没有理睬这个威胁,她在思考。"等一下,我有主意了,格里夫,"她急促地说,"我们带她一起回去,把她留在那里和格雷夫斯一起。把现场弄得像她杀了格雷夫斯,你知道……"她不容置疑地把头朝向布里基,"做你一开始想做的事,只在那边做。给他们制造一个双重任务去解决。这样我们就安全了,此事与我们无关。"

他想了一会儿,眼神尖锐。

"这是我们唯一的出路,格里夫。把她从一开始的地方结果掉,省去这条弯路。"

他开始点头,频率加快。很快他停止了点头,跳了起来。"好吧,把她扶起来,让她从楼下那张桌子旁走过。她喝醉了,你得扶着她。我还是会像我说的那样把前台服务员弄走。我们在帮她回家,仅此而已。还是绑着她的手,松开她的脚,这样她可以移动。"

双脚被束缚得麻木了,即使松开了,她一开始还不能走。

布里斯托尔拿起她自己的外套,披在布里基的肩上,掩饰她手臂的异样。这并不是特别怪异,最近从伦敦来了一种新风格,女士们就这样穿外套,把胳膊从袖子里拿出来。

"把她下巴上的毛巾拿下来,"男人说,"你得这么做。拿去,拿这个给她。"

他从后面拿出一样东西，递给布里斯托尔。黑色闪光的东西，可能就是用在格雷夫斯身上的那个———一把枪。

这东西消失在遮盖的外衣下，布里斯托尔用手使劲地把它压进布里基的脊椎，就像用一根麻醉针刺脊椎一样。

"现在跟她在这里等着吧。我先下去，把车从车库里开出来，把桌子上的那堆东西处理掉。给我十分钟，车库就在几个街区外，我想我最好走楼梯。"

他身后的门关上了，房间里只剩下两个女人。

她们不说话，她们互相一句话也没说。她们奇怪地站在那里，一个紧挨一个，外套夹在两人中间，像个小帐篷，布里斯托尔的手从中间穿过。

布里基心想：如果我突然闪向一边，试图切断与枪膛的接触，她会不会开枪？不知怎的，她没有去尝试，也不完全是因为害怕。他们要把她带回到她一直想带他们去的地方：谋杀现场。这可能是她单枪匹马永远无法完成的壮举，尤其是在那个男人身上。为什么不等待？那是更好的地方。诚然，这样的机会可能不会再出现——但为什么不等等看呢？总还有奎因。

布里斯托尔挪动了一下身子，终于开口了："等得够久了，现在开始向门口走。我最后一次警告你，如果你在楼梯上、穿过大厅时，或者在我们走向汽车时，你露了马脚，这个东西会让你头疼。别以为我在开玩笑，我这辈子从不开玩笑，我生来就没有幽默感。"

布里基没有回答，心里却想，她大概是这样的。一直这样肯定很悲惨，痛不欲生的世界，充满危险。

她们走出房间，沿着发霉的走廊走去。在其中一扇门后面，她们刚走了几步，闹钟突然发出松松垮垮、叮叮当当的响声，一阵奇怪的惊愕从一个人传到另一个人，就好像一股电流从枪这个导体流过。

她听见布里斯托尔在她身后深深地吸了一口气。不用说布里基也知道那个无关的意外差点让枪走火。

她们转过身去，看到出口闪着暗红色的灯泡，她们穿过一扇装有防火铰链的门，沿着一个紧急楼梯往下走。大堂里的光线隐约照着楼梯的下部。她们已经听到格里夫的声音了，但还没完全听清楚，那声音在下面的空地上回响萦绕。

"走另一个楼梯。走吧，没什么可怕的，这就是它的用途。"

"等一下，"布里斯托尔在她身后紧张地低声说，她抓住她，一动不动地站在楼梯口。从那里看不见前台的桌子，因为还有个弯。然而，她们必须穿过桌子的前面，才能到达街道。

有人闷咳了一声，格里夫的声音又响了起来，"慢点，慢点。不要把整瓶都喝了。"

"走。"布里斯托尔嘘了一声，用枪催促她往前走，仿佛枪是控制她行动的把手。

格里夫独自一人站在那里，装作很投入地向前靠在桌子上，双臂交叉。在他前面，只有一排排的文件格，挡住了后面的视线。

这两个女人和一支枪，两个脑袋，四条腿，像个奇怪的驼背怪物，迅速地滑了过去。他没有回头，似乎根本没有意识到她们，但他的一只手松松地在身后扇了几下，不停地朝入口方向比划，好像他有一条摇摆而滑稽的短尾巴。

当他过来会合时，她们已经在车里了。车离酒店入口较远，布里斯托尔让布里基坐在后面等着。

他坐在前面，他们三个人仍然没有说话。布里斯托尔现在已经把枪转到自己这边了，因为汽车座椅后部有障碍物。布里基温顺地坐在那里，没有反抗的举动。她希望他们尽可能不受阻碍地到达那里。

夜幕在周围裂成碎片，他们穿过越来越多光的裂缝和碎屑。

他们毫不留情迅速地追了上去。就在他们驶进第七十街的最后一个弯道之前，布里斯托尔用一种含糊不清的声音警告格里夫，好像车里只有他们两个人似的："现在小心点，确定好再停车。"

他们拐过弯，他刚开始径直从房子前开过去，仿佛它与他们无关，仿佛目的地离他们还有几英里。

房子很好地保守了自己的秘密，长久而完好。里外都没有生命的迹象，就像昨天早上的这个时候一样。

车经过的时候，他们三张脸都一齐对着它。

他回来了吗？他在里面吗？啊，天啊！事到如今布里基终于开始害怕了。

过去一段距离，格里夫才突然转身。向后倒了一两栋房子，终于刹车了，但离那儿还足有三四个门远。然后他们又站在原地短暂地看了一会儿。

什么都没有。

"还可以再进出一次，"他紧闭着嘴嘟囔着，"来吧，我们走。"

他们把她拖到人行道上，把她夹在中间，掠过笼罩着街道的铁灰色迷雾，飞快地走着，她的心剧烈地跳动。他们急忙把她推上门廊，藏在门厅里，左顾右盼，以确保没有人注意到她。

"成功了。"琼·布里斯托尔松了口气。

"她带的钥匙在哪儿？快点。"

他们让她站在两人中间，并把她推到门里，然后又关上了门。她把游戏玩到了最后，现在一切都结束了。现在他们对她关上了这扇门，每一秒都很重要。即使奎因五分钟以后才回来，也已经晚了五分钟。他会在这里找到她的——就像格雷夫斯一样。即使他现在回来，也不会有多大帮助，可能会死两个，而不是一个。这些人有武器，而他没有。

也许……也许他根本就不会回来了。也许他也遇到了类似的事情，只不过是在别的地方。

屋子里的黑暗还是和以前一样让人透不过气来。布里斯托尔告诫格里夫，就像第一次来到这里时布里基告诫奎因那样——好像是很多年以前的事了。"现在,在我们到那儿之前,别碰灯。"但他们两个不是在黑暗中行窃的杀人犯,而只是两个试图改邪归正、重新开始的孩子。

格里夫点燃了一根火柴,在他捧起的双手里,它变成了一个橘红色的针尖。他在前面领路。布里基跟在他后面,胳膊上仍旧挂着外套,枪还连在背上。布里斯托尔走在最后。周围的寂静让人无法忍受,不管怎样,对布里基来说,这里充满了高压的威力,空气中似乎充满了静电,每走一步都会产生轻微的刺痛感。

假设他在前面的房间里等着,灯关着呢?假如他听见了,现在走上前来,说:"布里基,是你吗?"她会给他带来死亡。如果他不在上面,那她就是自取灭亡。但在这两种选择中,她更喜欢后者。可这两种方式的区别是什么呢?现在太晚了,他们错过了公共汽车。城市才是真正的胜利者,一如既往。

在火柴映出的暗淡微光中,死亡之屋的门在他们面前显得黑洞洞、空荡荡的。他把它抽出来,一时间什么也看不到。然后他打开了房间里的灯,他们把她推了进去,和那个死人一起。她陷入了没有奎因等着帮助她的空虚之中。

格里夫说:"好吧,现在赶快去拿。做完我们必须做的,赶快离开这里!"

布里斯托尔扫视了一下地板,威胁地转向布里基,"那么,它在哪儿呢?我没……你说你在哪里看到的?"她手里还握着枪,虽然她已经从布里基背后转了出来。

"我说的是在他旁边,"布里基有气没力地回答,接着她又说,"你也相信了我。"

"其实你根本就没有……"那个女人尖叫道,她转向同伙,"看,我告诉过你!"

他张开的手猛地打在布里基的脸上,"你在哪儿发现的?"

她踉跄了一下,然后又直起身,带着凄凉的微笑,"那是你的问题。"

他的声音突然平静下来,透着谋杀前的平静。想要杀人时,他总是显得很镇静。"给我吧,"他对布里斯托尔说,"我来做。"

枪又递给了他。

"离她远点。走过去点。"

她突然一个人在那里了。

他正朝她走来,他一定是想制造一个接触性伤口。这样一来,自杀的可能性就会随之而来。

他只用了一两秒钟走向前,但她的思绪却像过去了好几个小时。她现在就要死了,也许这样更好。现在乘那辆公共汽车回家已经太晚了,时钟是这样说的……

05:45

那是她最后看到的情景。她闭上眼睛，等待着，就像面对行刑队的囚犯。

枪声又把他们震开了。她觉得这是自己听过最响的声音。比最大声的车辆逆火还要响，比轮胎在你面前爆裂还要响。她不明白为什么这对她没有更大的伤害，她不知道死亡是不是一直都是这样，只有那种震耳欲聋的感觉。

格里夫就在她前面二三英尺的地方，笨拙地摇晃。是他干的，还是她干的？他似乎有几条胳膊，几条大腿，他有太多……

他手里的枪，还在冒着缕缕的烟，不住地颤动着，向上倾斜。

另一只手抓住了他的手腕,那里鼓了起来。弯曲的手臂缠绕着他的脖子,肘部朝向她。手臂上面,格里夫的脸扭曲着,满是淤血。在他的后面,另一张脸也在瞪着他,同样扭曲着,同样鲜血淋漓,但还不至于认不出来。

邻家男孩,为她而战。为她而战——就像邻家男孩应该做的那样。

突然,地面发生了震动。不再有格里夫,不再有她前面的双臂、双腿和脑袋,什么都不再有,只有两具躯体在地板上翻滚。

琼·布里斯托尔从她身边闪过,从房间的角落里,把她头顶上方的一个壁炉架高高举起。

布里基的手被绑住了,无法伸手抓住布里斯托尔。但如果邻家男孩能赤手空拳地向枪口扑去,那么她就可以毫无准备地向壁炉架扑去。

她伸出一条腿,直到小腿几乎低到地板上,灵巧地伸到布里斯托尔疾走的两脚之间。

琼·布里斯托尔如摇摆木马般脸朝下倒在了地上,壁炉架在空中徒劳地盘旋着,撞在了什么地方的墙上。

她还没来得及站起来,布里基就扑倒在她身上,一下子双膝跪下,把她死死压住。每当布里斯托尔想要挣脱并把她从身上推下去时,她就会微微抬起一只膝盖,然后再以更大的力量往下压。

她没有时间看那两个男人。一只胳膊在那里摆动着,像木槌一样砸在脑袋的一侧,一下、两下、三下。突然,他们分成了两个人,其中一个跟跟跄跄地站了起来,另一个则直挺挺地躺着。过来的那个人带着枪。

"我马上就来,布里基。"一个气喘吁吁的声音从那边传来。

她看了一下,格里夫脸朝下倒在地板上,他微微抽搐了一下,抬起一只昏沉的手举到头旁,但还是没有动。奎因警惕地站了一会儿,他才是拿枪的人。

"我压不住她……"她喘着气说。

他走到格雷夫斯的办公桌前,拿起什么东西,从她背后绕过去,把绑住她手的绳子割开。他们仍然呼吸急促,话也说不出来。

他拿起刚才从她身上取下来的那几根绳子,重新编了一遍,系在琼·布里斯托尔的手上,反扣在背后。

"把男的也绑起来。"她费力地说。

"那肯定。"他走进卧室,从格雷夫斯的床上取下亚麻床单,撕下来,开始绑人。

"我看见他们和你一起进来,在外面的街上。我从这层楼的前窗望出去,你走在他们中间的样子有点僵硬,这提醒我他们正用枪指着你。我就退到浴室里躺下……"

"是他们干的,奎因。我们终于找到了对的人。"

"我知道不是霍姆斯。哎呀,我真是死里逃生……"他站起来,审视着自己的杰作,"这样绑着即使时间不长,至少也能坚持几分钟。没必要把他们嘴塞住，让他们尽可能地吸引所有的注意力。事实上，我们希望他们能引起别人的注意，我们会为他们这样做。"

"奎因，这对我们有什么好处？他们在这里，但是会有什么区别呢？看，"她指着钟说，"六点过两分了。"

"不管怎样，我们试试吧，我们下去吧。如果不是那个，以后可能还会有另一个……"

"没用的，奎因。我们没有足够的力量去抓住后面的那个，你会看到，城市现在就要醒了。"

"警察也醒了。如果我们就站在这里，我们会被困住的。"他抓住她的手，把她从房间里拖出来，走下楼梯。

"拿起你的手提箱。打开门，站在门边。我用一下下面的电话，只要一分钟。"

他拿起电话，"准备好了吗？"她站在门厅外面，手里拿着手提箱，随时准备出去。"跟上你的节奏，准备好了，开始吧。"

他对着电话说："给我接通警察局。"然后对她说，"把那扇门给我打开。"她用胳膊把门往后一推，把它撑开。

"喂，是警察局吗？我要报告一起谋杀案。在……"他报了门牌号码，"……东七十街。史蒂芬·格雷夫斯躺在他家的二楼。和他同在一个房间的，还有杀他的两个人。如果你们很快就到这里，你会发现他们正等着你们呢。在那张桌子上，也在那间屋子里，你们会发现一封特快专递信件，这就是原因。哦，还有一件事，你们会发现他们用的那支枪,在楼下的门厅里,在擦鞋垫下面,等你们来拿。什么?不,这不是肋骨,我多么希望它是肋骨。我吗?哦,只是一个……只是一个碰巧路过的人。"

他把电话扔下,都懒得放回去。

"走!"他朝她喊着,追了过来。

他蹲下了一会儿,把枪塞在擦鞋垫下,然后挣扎着走了出去,跟着她下了台阶。

"他们的车!"她一边带路,一边回头指着,"他把钥匙落在车里了。"

他在她后面撞上了那辆车,把车从路边转了出去。他们刚转过街角,就听到一辆无线电巡逻车朝他们驶来,不过仍然看不见他们,是从相反的方向飞驰而来。

"哎呀,他们来得真快,"他说,"如果我们必须步行的话,他们现在就会抓住我们了。"

他们在麦迪逊街上飞奔,那个时候几乎没有车辆。奎因冒了两次险,在红灯前减速行驶,但没有停车。

"我们永远不会成功的,奎因。"她的喊声压过了风声。

"至少我们可以试试。"

东方的天空越来越亮,纽约的又一天即将来临。看看它呀,在这城里,即使是黎明也不美。

你赢了,她痛苦地想。你快乐吗?你知道你得到了我们,你毁了我们,像我们这样的小男孩和小女孩,这对你有好处吗?机会是公平的,不是吗?当你参与其中时,他们总是这样,你这个头重脚轻、骨瘦如柴的小霸王。你这烂地方,一大早就想显得美丽,你,你这纽约。

她的一滴眼泪往太阳穴流去,迎面而来的风把眼泪从眼角吹到了耳朵。

他的手从方向盘上空出片刻,紧紧地握着她的手,紧得皮肤都起皱了,然后又迅速地把手缩回握住方向盘的边缘,以免性命有虞。"别哭,布里基。"他说着,朝前面的大街望去,使劲咽了口唾沫。

"我没有,"她闷闷地说,"我不会给它那么多的满足。随它去吧,我可以接受。"

一座座建筑物在他们面前拔地而起。每隔一个街区,高楼似乎就会增加几英寸,尽管改变的只是天际线的整体,而不是单个的屋顶。从八层到十层到十五层,从十五层到二十层,从二十层到三十层以上。越来越高,越来越高,蚕食着天空,留下的天空越来越少,有时,它就像一个不齐整、不规则的下水道口,井盖敞开,上方呈现出亮蓝色,在阴暗、永恒的迷宫般的混凝土下面,没有出口。

他们现在已经换了地方,正从第七街向第三十街驶去。在他们右边的百老汇大街,通过每个相继的小巷开口不断靠近。然后突然间,就在第四十街快到头时,两边的路被笔直截断,形成了X形,即双三角形,大家都叫它时报广场,但实际上是另外两个广场。X中心点以上是达菲广场(Duffy),以下是朗埃克广场(Longacre)。

这是地球上最著名的一块柏油路,它是如此普通,当你站在上面时,你会觉得什么都不像。左边是皇宫酒店和帝国大厦,正前方是楔形的《纽约时报》摩天大楼;右边,随着建筑线突然转向并留出缝隙,奇形怪状的塔楼蓦然出现在淡蓝色的晨光中……

突然,布里基猛地抓住奎因的胳膊,整个方向盘都跟着转了过来,车子几乎撞到了达菲神父的雕像上。车的前轮在人行道上磕了一下,然后又落下来,而他则疯狂地往相反的方向转。又驶过半个街区,他才重新控制住车子,保持直行。

她跪了起来,面向椅背,手仍然紧紧地握在他的肩膀上,高兴地捶打着他的肩膀,在向后疾驰的风中喃喃自语。

"奎因,看!噢,奎因,看!派拉蒙的时钟指着五……现在才六点差五分!房间后面的那个钟一定是跑快了……"

"也许这个钟慢了……别这样,你会掉出来的。"

她对着钟飞吻,几乎欣喜若狂。"不,这时间是对的,这时间是对的!这是我在城里唯一的朋友,我知道它不会让我失望。这意味着我们还有机会……"

《纽约时报》的大楼挡住了钟,现在看不见了,她再也见不到它了。如果她随心所欲,她就永远不能回到这里。但她把下巴低低地搁在座位的顶上,眼睛里充满了感激和迷惘,她回头望着车子经过的地方,说了声再见。

"坐下,我要转弯了。"

车像锋利的刀刃,掀起两个轮子,到了第三十四街。在那里,在第二个街区,在第八街和第九街之间,那辆越野大巴已经在路上了,就在他们前面……他们到那儿时,大巴刚刚通过终点坡道,转过来,直道行驶,现在它开始加速,方向往西,朝着泽西一侧的大河隧道开去——往家的方向。

那么近,却又那么遥不可及。如果早一分钟,他们就会在上面了。她喉咙里发出一丝呜咽的声音,又咽了下去。她没有问他要做什么,他也没有问她要做什么。相反,他义无反顾地做了。

他不会放弃。他把更轻更灵活的小汽车开得飞快,像是在大巴后面飘。他们跟上,他们接近,他们追赶。大巴快到第十街时,速度慢了下来,因为它要转向隧道入口了。在红灯的帮助下,大块头和小个子都不偏不倚地停了下来。

大巴像大象一样颤抖着停了下来,而他们像蚂蚱一样跳了起来,追了上去。

车还没停稳他们就已经出来了,站在地上,恳求地敲打着气动门上嵌着的玻璃。总之她在疯狂地跳动,不住地恳求着。

"开门,让我们进去!带我们一起走!我们跟你们同路!啊,让我们进去!别把我们留在这里,别把我们留下来……给他看下钱,奎因,快,拿出来……"

司机摇了摇头，皱着眉头，透过玻璃比划着咒骂他们。红灯一直亮着，他动不了，只好坐在那里看着他们痛苦的脸。任何一个有心的人都会屈服的。很明显，他的体内有某种东西，有恻隐之心。他恶狠狠地看了他们最后一眼，四下里望望，看有没有人注意到。然后，他不情愿地拉了一下控制杆，门嗖的一声开了。

"为什么不在规定的地方上车？"他吼道，"你们以为这是什么，一辆每个街角都停的有轨电车？"当司机害怕人们认为自己心软时，他们会这样说。

她摇摇晃晃地走在过道上，发现后门边有空的双人位。过了一会儿，奎因跌坐在她身旁，他们借来的汽车停在路边，落在后面，他们的车票被小心翼翼地握在他手里。一路的票，回家的票。

巴士又发动了。

在她完全缓过气来开始说话之时，他们已经到了泽西牧场，身后是隧道，还有纽约。

"奎因，"她压低声音说，以免被周围的人听到，"我想知道我们能否坚持下去？我们刚才在那做的。你认为那两个人能说服他们吗？毕竟，我们不会站在那里辩护。"

"我们不需要。还会有其他人也可以对他们指手画脚，这样他们就永远摆脱不掉了。"

"别人？你是说有目击者？"

"不是谋杀案的目击者，没人看到。但是他自己家里有一个人，这个人的证词足以给他们定罪。"

"你怎么知道的？"

"在格雷夫斯的桌子里，有他弟弟罗杰写来的一封信，我让他们去找的，这个人还在某处上大学。这是寄来的快递，他一定是在昨天某个时间收到的。我是在等你来时发现的。在信中，那孩子试图向哥哥格雷夫斯透露消息，这样，如果布里斯托尔试图用诡计引诱哥哥，他就不会上钩。"

"他怎么知道的？"

"他娶了布里斯托尔。"

她张大嘴愣了一会儿，"那么，这就解释了为什么我们之前没法理解她写给格雷夫斯的信。'你不认识我，但我觉得我是家里的一员。'"

"就是这样，一个大学生酒后的婚姻。只不过那根本不是真的，是偷偷的，假的。她还有一个丈夫在逃，所以为了避免重婚，她和他举行了一个虚假仪式。这是我多年来听到过最肮脏的事情。"

"他怎么会和这样一个流浪女纠缠呢？"

"她在他大学附近的一家旅馆里招待客人，他经常和朋友们周六晚上去那里，那是他第一次遇见这个女人。他只是个孩子，你还指望什么？孩子爱上了她，兴奋起来，向她求婚。她和以前的歌舞表演搭档去找他，发现他来自一个显赫的家庭，很有钱。这就不一样了，所以他们做了一番手脚，接受了他。"

"但那是老一套了，可以追溯到1900年左右。"

"他们侥幸逃脱了惩罚。有时候最古老的东西最有效，听听这个，那合伙人过去表演歌舞杂耍，扮演一个乡巴佬治安法官。因此他所做的只是为了孩子的利益而再次演戏，而孩子相信他真的娶了她。他在附近的某个地方安顿下来，在一个星期六的晚上，她和那个孩子带着他们的证人开车出去，举行了一个假的仪式。我想杜松子酒帮了大忙。"

"你是说他没有陷进去？"

"根据他自己信上所说，这婚约两个月以后就解除了。经双方同意，这件事是保密的。孩子继续他的课程，她继续她的娱乐活动。搭档回到城里，自然而然地就躲起来了。对他们俩来说，那两个月赚了很多钱。"

"这世界上有多少卑鄙小人啊。"

"他们是露水夫妻，而周末是他唯一能看到她的时候，那时两人才能亲热。他们把孩子榨干了，尽其所能地抓牢他。"

"我想，接下来，好运不常有。"

"是这样。当然，所有的钱都来自史蒂芬·格雷夫斯，那个孩子没有钱。所以，当花费开始有点太高时，格雷夫斯就切断了孩子的金钱来源。"

"丑行败露了。"

"他们彼此不信任，她和搭档。当容易赚到的钱不够用时，他一定以为她想欺骗他,瞒着他什么的。总之,他做了最不应该做的事,冲回那里,露出原形,试图探个究竟。剩下的事情你自己拼凑。"

"差不多。"

"那孩子看见他在更衣室里晃悠,认出了他,终于弄明白了他们是怎么欺瞒他的。我想如果他能抓住他们,他一定会杀了他们两个,但他们就是比他先跳了一步。"

"我敢肯定是的。"

"只是他们还不满意,成功一定冲昏了他们的头脑。他们认为,在罗杰找到哥哥并警告他到底怎么回事之前,这个伎俩可能会让格雷夫斯最后再一次性给一笔钱。毕竟,有一个初入社交圈的妹妹需要考虑,所有这些事情对任何人都没有任何好处,即使他们是无辜的人。这就是枪击事件发生的原因。这孩子寄来的快递只比他们快了几个小时送达史蒂芬手里。当他们出现的时候,他已经准备好了。"

"剩下的部分我可以自己补上,我是从他们那里偷听到的。他没有轻易地虚张声势,也没有惊慌失措,而是反过来对付他们。那女人先进去谈条件,让男人在屋外等她。格雷夫斯让她下地狱,并告诉她要报警抓她。她昏了头,跑到门口,让她的同伙进来。他拿枪指着格雷夫斯,格雷夫斯去抓枪,就被打死了。"

"我也差点丢了性命,你也是。"

"你是说当你跳回屋后面的时候？"

"不，是霍姆斯。在那之前。"

"为什么？怎么搞的？"

"霍姆斯，他不是杀人凶手。但他对那张支票感到非常害怕，当他发现格雷夫斯已经死了，他可能会被指控这样做时，他失去了理智，几乎把自己变成了他竭力不让人怀疑的凶手。他策划了谋杀，目标是我。"

"你是说他试图……"

"他不仅仅是尝试，他几乎把事情做完了。他在我的威士忌里放了点东西，他要把我推到河里去，我想他已经把我弄下车了。我不知道，那时我只是半清醒状态。是你的名字救了我。我碰巧咕哝着说，不管怎样，你都会知道是他干的，摆脱我也救不了他。这使他退缩了，他的恐惧加倍，但至少他猛然醒悟了。接下来的一刻钟里，他没有把我推开，而是用冷水冲到我脸上，拉着我绕着车走来走去，这样镇静剂就会失效。然后他匆忙把我带回他的地方，给我喝了满满一杯浓黑咖啡。"

"在那之后——我不知道——我们多少相信了对方。别问我为什么，我想我们都累坏了，不再怀疑了。我相信他没有杀人，他也相信我不是想用支票的力量把他扳倒。"

"他告诉我他不是故意的。就这件事而言，我想他只是被逮个正着，为了掩饰自己，他把支票骗卖给了格雷夫斯。但他已经筹到了钱,甚至在昨晚去看格雷夫斯时,他已经筹到了钱来弥补损失。后来,他发现自己无法结清,因为格雷夫斯再也找不到那张该死的支票了。你还记得,我第一次撬开保险柜的时候,它就从钱箱里飞出来了。

"当然,他心里不安,表面上对这件事相当激动。但他意识到格雷夫斯是一位绅士,不会为了强迫他交赎金而故意向他摊牌或是诸如此类的事情。在这样的事情发生之后,格雷夫斯对他有些冷淡,但他们没有直接争吵或发生些其他什么。他离开时,心里明白格雷夫斯不会起诉他,他今天会再去拜访,这样格雷夫斯就有更多的时间去找那张支票。当时他正在等布里斯托尔这个女人,霍姆斯的突然造访就在她之前。

不管怎么说,我把支票还给了他。如果事后支票又冒出来,只会使他卷入这场谋杀——而我当时已经十分肯定他没有杀人。他在我的眼皮底下签了一张新的支票,日期早于旧的,然后装在信封里寄回给格雷夫斯。遗产可以兑现了。"

他从口袋里掏出东西给她看。

她看到这么多钱,脸色有点苍白,她想了一会儿……

"不,别害怕,"他安慰她说,"这次是干净的钱,是霍姆斯给我的。他听了我们的故事之后,坚持要我拿。我告诉他关于我们的事,告诉他我们多么想回家。他说同情我,我们都犯了错误,在同一个晚上,这可能会导致严重的后果——我撬开了保险柜,他开了空头支票——但我们都得到了另一个机会，我们都可能得到了教训。他很感激也很欣慰能摆脱困境，他给了我这个礼物——两百元现金。他说这可以备不时之需，让我们回家后用这笔钱重新开始。他后来说，如果我愿意，可以一次还给他一点。"

"这足以让我们有个新的开始。在我们镇上两百美元可以做很多事。我们可以先付钱买个自己的小窝，然后……"

06:15

她没听见。她不再听了,她的头垂到他的肩膀上,随着巴士的行驶,她的头轻轻地摇晃着,她的眼睛幸福地闭上了。"我们要回家了,"她迷迷糊糊地想着,"我和邻家男孩,我们终于要回家了。"

图书在版编目（CIP）数据

黎明死亡线 / （美）康奈尔·伍里奇著；程水英译
.——上海：上海文艺出版社，2020（2021.8重印）
（康奈尔·伍里奇黑色悬疑小说系列）
ISBN 978-7-5321-7661-8

Ⅰ.①黎… Ⅱ.①康… ②程… Ⅲ.①长篇小说-美国-现代 Ⅳ.① I712.45

中国版本图书馆CIP数据核字（2020）第074459号

黎明死亡线

著　　者：[美]康奈尔·伍里奇
译　　者：程水英
责任编辑：蔡美凤　杨怡君
装帧设计：周　睿
责任督印：张　凯

出　　版：上海文艺出版社
出　　品：上海故事会文化传媒有限公司
　　　　　（200020　上海市绍兴路74号　www.storychina.cn）
发　　行：上海文艺出版社发行中心
　　　　　（上海市绍兴路50号）
印　　刷：上海中华印刷有限公司
开　　本：889毫米×1194毫米　1/32　印张9.375
版　　次：2020年11月第1版　2021年8月第3次印刷
ＩＳＢＮ：978-7-5321-7661-8/I·6094
定　　价：35.00元

版权所有·不准翻印

上海故事会文化传媒有限公司　出品（00960）　www.storychina.cn

上海故事会文化传媒有限公司所有图书可办理邮购，免收邮费（挂号除外）
汇款地址：上海市绍兴路74号(200020)　　收款人：上海故事会文化传媒有限公司出版发行部
联系电话：021-64338113
如发现本书有质量问题，请与印刷厂质量科联系 T：021-60829062